www.ingramcontent.com/pod-product-compliance
Lightning Source LLC
LaVergne TN
LVHW050758051026
849532LV00008B/2906

آج کی بات

(افسانے)

جگدیش بمل

Aaj ki baat *(Short Stories)*
by: Jagdish Bimal
Edition: May '2025
Publisher :
Taemeer Publications LLC (Michigan, USA / Hyderabad, India)

ISBN 978-93-6908-355-8

کتاب	:	**آج کی بات** (افسانے)
مصنف	:	**جگدیش بمل**
صنف	:	فکشن
ناشر	:	تعمیر پبلی کیشنز (حیدرآباد، انڈیا)
سالِ اشاعت	:	۲۰۲۵ء
صفحات	:	۷۸
سرورق ڈیزائن	:	تعمیر ویب ڈیزائن

فہرست

عورت

پرویز نے سگریٹ سلگا کر ایک کش لیا۔ اور کرسی سے پیٹھ ٹیک لی۔ اس کی نگاہیں جوں ہی اٹھیں وہ چونک پڑا۔ سامنے ناہید کھڑی تھی۔

"یہ ناہید کہاں؟"

"آج تین سال کے بعد یہ اچانک نمودار ہو گئی ہے۔ جانے کہاں چلی گئی تھی۔ اور...."

ناہید نے دیکھ کر آنکھوں میں شوق و آرزو لئے اس کی طرف آگئی "ہیلو پرویز! تم یہاں ہو اور میں آدھے گھنٹے سے تمہیں تلاش کر رہی ہوں۔ کیا اس کرسی پر بیٹھ سکتی ہوں؟"

پرویز رسمی طور پر مسکرا دیا۔ بولا "بیٹھو بیٹھو، آج تمہیں دیکھ کر بہت حیرت ہو رہی ہے۔"

"اور خوشی نہیں؟" وہ مسکرا کر کرسی پر بیٹھ گئی۔

"خوشی کیوں نہیں، تمہیں دیکھ کر کوئی خوش کیوں نہ ہوگا؟ تم تو کلب کی جان تھیں۔

تمہارے چلے جانے پر سبھی کو بے کیفی کا احساس ہوا تھا۔ جیسے کلب ہی بے جان ہو گیا تھا۔ اور آج تم آ گئی ہو۔ اب پھر ہمارے ہونٹوں کی مسکراہٹ لوٹ آئے گی۔ یہ بے کیف فضا تمہارے وجود سے پھر مہک اٹھے گی۔ خوشی تو ہو گی ہی؟"

ناہید اسی طرح مسکراتی ہوئی بولی "میں سب کے بارے میں اور کلب کے بارے میں نہیں پوچھوں گی صرف تمہاری نسبت"

پرویز جواب میں خاموش رہا۔ ناہید پھر بولی "ڈیئر کیا......"

پرویز نے سر جھکائے ہوئے ہی اس کی بات کاٹتے ہوئے کہا "ناہید! کسی کی بھی بات کرنے سے پہلے یہ مناسب ہو گا کہ تم جان جاؤ کہ میں اب وہ پرویز نہیں جو تین سال پہلے تھا۔ اب میں شادی شدہ ہوں میری شادی ہوئے دو ہی ماہ ہوئے...."

"اچھا یہ بات ہے۔ تو تمہاری شادی ہو گئی۔ اور بیوی کو کیا ساتھ نہیں لائے؟"

"نہیں وہ کلب میں آنا پسند نہیں کرتی"

"پرانے فیشن کی ہو گی.... پردہ بھی....."

"نہیں ایسی قدامت پسند نہیں کبھی کبھار میرے اصرار پر یہاں آ بھی جایا کرتی ہے"

پھر خاموشی رہی۔ پرویز سگریٹ کو ایش ٹرے میں رکھ کر اٹھا اور بولا "اچھا ناہید میں بلیئرڈ کھیلوں گا!"

"نہیں ڈیئر! اتنی بے رخی بھی کیا؟... آج تین سال کے بعد نے اور آج کا یہ وقت بھی تم میرے لئے قربان نہیں کر سکتے؟ اور پھر تم نے میری خیر و عافیت اور اتنی لمبی غیر حاضری کی وجہ بھی نہیں پوچھی۔ دیکھ رہی ہوں کہ تم بہت بدل گئے ہو۔ لیکن میں تو وہی تمہاری ناہید ہوں۔ چلو باہر چلیں۔ ذرا ٹہل آئیں"

اور پھر اُس نے آگے بڑھ کر پرویز کے ہاتھوں میں ہاتھ ڈال لیا اور بڑے دروازے سے باہر لے آئی۔ باہر تاریکی پھیل چکی تھی اور آسمان پر ننھے ننھے ستارے جھلملا رہے تھے۔ رات کے اِس لمحے میں پرویز کے بازوؤں میں اُلجھی ہوئی ناہید نے اُس کے دل میں تین سال پہلے کا رومان جگا دیا۔ تین سال پہلے پرویز ناہید کو چاہتا تھا۔ اُس سے والہانہ عشق کرتا تھا۔ اِسی طرح بازوؤں میں بازو ڈالے وہ نئی دلی کی اِنھیں سڑکوں پر گھوما کرتے تھے۔ کتنی ہی سانولی شامیں اور چاندنی راتیں اُن کی زندگی میں محبت کی کڑیاں بن کر ایک مضبوط بندھن باندھتی رہیں۔ اور وہ ایک دوسرے کے قریب تر ہوتے گئے۔ لیکن ایک دن ناہید یکایک غائب ہو گئی۔ وہ کہاں گئی یہ اُسے معلوم نہ ہو سکا۔ ناہید کے چلے جانے سے اُس کی زندگی اُداس اُداس اور بے کیف سی ہو گئی۔ سونی سونی زندگی سے اُس نے اُس کا تین سال تک انتظار کیا۔ اور آہستہ آہستہ وقت نے اُس کے ذہن میں کئی اور تہیں جما دیں۔ اور اب جب کہ اُس کی شادی ہوئے صرف دو ماہ گزرے ہیں تو یہ پھر اچانک کہیں سے نمودار ہو گئی ہے۔ اُس کی زندگی میں آنا چاہتی ہے۔

بہت دیر کی خاموشی کے بعد ناہید بولی ”میں دیکھ رہی ہوں کہ میرا آنا تمھارے لئے ذرا بھی خوشی کا باعث نہیں ہوا۔ کیا تم مجھے بھول گئے؟“

”نہیں ناہید! میں تمھاری ہی نسبت سوچ رہا تھا۔ تم جانے اِتنی دیر کہاں تھیں۔ میں نے تمھارا انتظار کیا۔ لیکن تم نہ آئیں۔ تین سال کی اِس سونی زندگی کے بعد میں نے رضیہ سے شادی کر لی۔ وہ ایک سلیقہ شعار اور وفادار بیوی ہے۔ اب کسی حالت میں بھی اُس کی حق تلفی نہیں کر سکتا۔“

”تم نہیں جانتے ڈیئر! کہ اِن تین سالوں میں مجھے کتنی مجبوریاں رہیں۔ بھائی صاحب کا اچانک تار آنے پر مجھے کلکتہ جانا پڑا۔ اور پھر وہیں سے اُن کے علاج کے لیے یورپ چلی گئی

یورپ کی اُس آزاد اور رُومان پرور فضا میں بھی میں تمھیں نہ بھول سکی۔ اور دیکھو بھائی صاحب کے تندرست ہونے پر سیدھی یہاں چلی آئی۔"

پرویز کا چہرہ اُسی طرح سنجیدہ رہا۔" لیکن ناہید مجھے افسوس ہے۔ اب کچھ نہیں ہو سکتا۔ میری شادی ہوگئی ہے۔ اور اب میں ایک شوہر ہوں۔ ایک وفادار بیوی کا شوہر!"

"تین سال کے عرصے میں ہندوستان نے جتنی ترقی کی ہے دیکھ رہی ہوں اُس میں سے تمھارے حصّے میں ذرّہ برابر بھی نہیں آئی۔ تم پہلے سے بہت قدامت پسند ہوگئے ہو۔"

پرویز کے ہونٹوں پر ایک عجیب سی مسکراہٹ آگئی۔ بولا۔" نہیں، یورپ کی آزاد فضا میں تم زیادہ آزاد خیال ہوگئی ہو۔"

ناہید قہقہہ مار کر ہنس پڑی۔ پھر کھینچ کر وہ اُسے بار میں لے گئی۔

رات کے دو بجے جب پرویز تھکا ہوا اپنے سلیپنگ روم میں داخل ہوا تو رضیہ آنکھیں کھولے پلنگ پر لیٹی ہوئی تھی۔ پرویز نے ٹیبل لیمپ روشن کیا اور رضیہ کی طرف دیکھ کر بولا "ابھی سوئی نہیں تم؟ معاف کرنا آج مجھے بہت دیر ہوگئی۔"

رضیہ نے پرویز کی طرف نہ دیکھا۔ وہ اُسی طرح چھت کی طرف دیکھتی رہی۔ وہ پلنگ کے ایک کونے پر بیٹھ گیا۔ اور رضیہ کو پیار بھری نگاہوں سے دیکھتے ہوئے بولا۔" ناراض ہو مجھ سے؟ کیا بتاؤں آج تین سال پہلے کا ایک دوست مِل گیا تھا۔ کھینچ کر زبردستی کلب سے بار لے گیا۔"

رضیہ خاموش رہی۔ اُس نے ایک بار بھی نگاہ اُٹھا کر پرویز کی طرف نہ دیکھا۔ پرویز نے آگے کھسک کر رضیہ کی ٹھوڑی کو اپنے ہاتھ سے اُٹھاتے ہوئے کہا۔" تمھیں میری قسم! اِدھر دیکھو! اچھا معاف کردو۔ کل سے دیر نہ ہوگی۔"

رضیہ نے پرویز کی طرف دیکھا۔ اُس کی آنکھوں میں ایک عجیب سی خوشی لہرا اُٹھی۔ اُس کا شوہر اُسے کتنا چاہتا ہے، کتنا پیار کرتا ہے۔ اور وہ سب کچھ بھول گئی۔ اندر سے کھانا لا کر اُس نے ٹیبل پر رکھتے ہوئے کہا۔ "اچھا اُٹھو۔ تھوڑا سا کھا لو۔ جتنی بھوک ہو اتنا۔"

پرویز چُپ چاپ ٹیبل پر بیٹھ گیا۔

رضیہ بولی۔ "ہاں اب بتاؤ۔ وہ کون ہے تمھارا دوست؟"

پرویز کے چہرے پر ہوائیاں اُڑنے لگیں۔ لیکن رضیہ کے سامنے وہ جھوٹ بھی نہ بول سکا سب کچھ کہہ سُنایا۔ رضیہ مسکرا کر بولی۔

"تو یہ بات تھی جبھی آج میری شدھ نہ تھی۔ اگر یہ آیا بے چاری بھی یہاں نہ ہوتی تو اتنے بڑے گھر میں میں تو اکیلی ڈر کے مارے مر جاؤں۔"

پرویز نے رضیہ کو پیار بھری نظروں سے دیکھ کر کہا۔ "نہیں ڈارلنگ! آج کے بعد کبھی دیر نہ ہوگی۔"

رضیہ جب سیڑھیوں سے نیچے اُتری، تو پرویز نے کتاب سے نگاہیں اُٹھا کر دیکھا۔ اور مسکرا کر بولا۔ "واہ! آج تو کمال کر دیا۔ کیا خوب ڈریس پہنا ہے۔"

"اچھا تو جناب ابھی تک تیار نہیں ہوئے؟ اور رات کو میں نے جو کہا تھا کہ صبح اختر بھائی آ رہے ہیں۔ ایروڈرم جانا ہے اُنھیں لینے کے لئے۔"

"بھئی میں تو نہ جا سکوں گا۔ آج تو بے حد مصروف ہوں۔ گاڑی لے جاؤ۔ اُنھیں یہیں لے آؤ۔ میں رات کلب نہ جاؤں گا۔ اُنھیں یہیں ملوں گا۔"

رضیہ جب ایروڈرم پہنچی تو ہوائی جہاز پہنچ چکا تھا۔ وہ ڈھونڈتی ہوئی آگے بڑھی۔

سامنے اختر کو چار پانچ آدمیوں میں گھرے دیکھ کر وہ دھڑکتے ہوئے دل سے آگے بڑھی۔ اختر اُسے دیکھ کر دوستوں کا حلقہ توڑ کر اُس کے پاس پہنچا۔ فرطِ جوش سے اُس نے رضیہ کا ہاتھ اپنے ہاتھوں میں لے لیا۔ "ارے رضیہ! ابھی تک ویسی ہی ہو گڑیا کی طرح۔ کہو کیسی ہو؟ اور تمھارے دُولھا میاں کہاں ہیں؟" وہ اُس کی طرف دیکھنے لگا۔

"نہیں، وہ نہیں آئے!" رضیہ کا چہرہ سرخ ہو گیا تھا۔

"کیوں؟ بھئی ہم سے چھپا کر رکھنے کی کوشش کیوں کرتی ہو؟ ہم اُنھیں اُٹھا نہیں لے جائیں گے!" اور وہ قہقہہ مار کر ہنس پڑا۔ رضیہ بھی شرمائی ہوئی ہنس پڑی۔ بولی۔ "ابھی تک ویسے ہی باتونی ہیں۔ کوئی بھی تو تبدیلی نہیں دیکھ رہی۔"

"ہاں رضیہ! تم مجھ میں کوئی بھی تبدیلی نہ پاؤ گی۔ میں بالکل نہیں بدلا۔ ہاں تم ضرور بدل گئی ہو۔ پہلے کی طرح نیک آزاد۔ بے باک لڑکی نہیں، ایک عورت بن گئی ہو۔ اُس نے ہنس کر طنز کے ملے جُلے جذبے سے کہا۔

رضیہ بات کا رخ بدلتے ہوئے بولی۔ "اچھا اب گھر چلیں۔ آپ یہیں ساری باتیں ختم کرنا چاہتے ہیں؟"

"نہیں بھئی۔ مجھے تو ہوٹل جانا ہے میں اکیلا نہیں۔ میرے ساتھ میرے پانچ ساتھی اور بھی ہیں!"

"تو کیا ہوا سبھی چلے چلیں گے۔ گھر بہت کشادہ ہے!"

جواب میں اختر نے رضیہ کی آنکھوں میں اس طرح جھانکا کہ رضیہ کو وہ نگاہیں تیر کی طرح دل میں اُترتی ہوئی محسوس ہوئیں۔ لیکن جلد ہی اُس کی نگاہوں میں وہی شوخی اور مسکراہٹ پھر سمٹ کر آ گئی۔

"ہوں، بہت بڑا گھر ہے تمھارے دُولہا میاں کا۔ لیکن ہمیں ٹھہرانے کے لئے تو بڑا دل ہونا چاہئے۔ بہت بھاری ثابت ہوں گے۔"

ایک بار عجیب نگاہوں سے رضیہ کو دیکھ کر وہ قہقہہ مار کر ہنس پڑا۔ اور اُس کا طنز اُس کے قہقہے ہی میں گُم ہو کر رہ گیا۔ پھر وہ بولا۔

"اچھا ٹھہرو۔ میں اِن سے ذرا مِل کر آیا۔ اور پھر ہم ساتھ ہی ہوٹل چلیں گے۔" اور وہ رضیہ کی رضامندی کا جواب سُنے بغیر اپنے دستوں کی طرف چل پڑا۔ چند لمحوں بعد وہ پھر رضیہ سے آملا اور دونوں کار میں آبیٹھے۔

اختر بولا۔ "اچھا اب کہو کیسی ہو؟"

"ٹھیک ہوں!" رضیہ کا سر جُھکا ہوا تھا۔

"خوش تو ہو نا؟"

"بہت!" رضیہ نے اُسی طرح جواب دیا۔

اختر خاموش ہو گیا۔ رضیہ نے چند لمحہ انتظار کرنے کے بعد جب اُس کی طرف دیکھا تو اُس کا چہرہ بالکل سنجیدہ ہو گیا تھا۔

رضیہ کے دیکھتے ہی اُس نے اپنا چہرہ کھڑکی کی طرف گھُما لیا۔ رضیہ نے پھر اپنا سر جُھکا لیا۔ چند لمحے خاموش رہ کر اُس نے کہا "بھائی جان!" اُس کی آواز میں ارتعاش تھا۔ کیا بات ہے آپ اُداس کیوں ہو گئے؟"

"اُداس؟" اختر نے ایک کھوکھلی سی مسکراہٹ سے کہا۔ "تم مجھ سے پوچھتی ہو۔ کیا بتلانے کی ضرورت ہے؟"

اور پھر اُس نے اپنا سر کھڑکی سے باہر کر لیا۔ اور سڑک کے کنارے کی اُونچی اونچی بلڈنگوں

کر دیکھنے لگا۔

کلاک نے پانچ بجائے اور پرویز نے ٹیبل کے ڈرار کو بند کرتے ہوئے چابی جیب میں رکھ لی۔ اُٹھنا ہی چاہتا تھا کہ ناہید دروازہ کھول کر اندر داخل ہوئی۔

"ہنو ڈیر! پانچ بج گئے، ابھی یہیں ہو؟"

پرویز پھر بیٹھ گیا۔ چپکے سے چابی جیب سے نکال کر پھر ڈرار کھول لیا۔ اور فونٹین پین نکال کر سامنے کی فائل کو ایک نظر دیکھتے ہوئے بولا۔

"بہت کام ہے آج!"

شوخی سے آنکھیں مٹکا کر ناہید بولی۔ "چھوڑو نا ایسی بھی کیا پڑی ہے۔ پانچ بج گئے اور تم ابھی فائلوں پر ہی جھکے ہو۔ چلو آج کلب کا سپیشل پروگرام ہے۔"

چند ہی لمحوں بعد وہ دونوں ایک ٹیکسی پر کلب جا رہے تھے۔ اُس رات بھی پرویز گھر لیٹ پہنچا۔ اُس کا خیال تھا کہ رضیہ اختر سے خوش گپیاں کر رہی ہوگی۔ اور ایسی بات چیت میں اُسے وقت کا کچھ پتہ نہ چلے گا۔ لیکن گھر کے صحن میں داخل ہوتے ہی ڈرائنگ روم کی بجھی روشنی دیکھ کر وہ لگے سے خوف سے کانپ اُٹھا۔

جب آیا نے دروازہ کھولا تو پرویز نے اُس سے پوچھا۔

"مالکن سو گئی کیا؟"

آیا کے اشارہ کرنے پر دوسرے دروازے میں کھڑی ہوئی رضیہ پر اُس کی نظر جا پڑی۔ اُس کا سر جھک گیا لیکن اپنی جھینپ کو جلدی سے چھپاتے ہوئے بولا۔

"کیوں، اختر بھائی نہیں آئے کیا؟"

رضیہ نے کوئی جواب نہ دیا۔ اُسی وقت بڑے کلاک نے بارہ بجائے۔ دونوں کی نگاہیں کلاک کی طرف اُٹھ گئیں۔ رضیہ کے غصّے پر کلاک نے جلتی پر تیل کا کام کیا۔ اور پرویز کا سر پہلے سے بھی زیادہ جھک گیا۔ بے بسی سے اُس کی آنکھوں میں آنسو تیر گئے۔ اور وہ وہاں سے ہٹ کر اپنے کمرے میں آگئی۔ وہاں آتے ہی وہ پھوٹ پھوٹ کر رونے لگی۔ آدھے گھنٹے کے بعد جب پرویز اُس کے کمرے میں داخل ہوا، اُس وقت بھی وہ رو رہی تھی۔ پرویز نے منانے کی ہزار کوشش کی۔ لیکن وہ روتی رہی۔

پرویز نے کہنا شروع کیا۔

"ڈارلنگ! تم سمجھنے کی کوشش کرو۔ یہ ناہید ایک بیماری کی طرح میرے پیچھے پڑ گئی ہے پیچھا ہی نہیں چھوڑتی۔ اب دیکھو پانچ بجتے ہی آفس کے دروازے پر پہنچ گئی۔ اور سب کے سامنے کلب جانے پر اصرار کرنے لگی۔ ہزار بہانے بنائے لیکن وہ نہ مانی اور کھینچ کرلے گئی۔ بتاؤ کیا کرتا؟ ذرا میری طرف دیکھو۔ دیکھو ڈارلنگ! بتاؤ کیا تم مجھ پر شک کرتی ہو؟ اچھا دیکھو اِس بار مجھے معاف کر دو۔ میں آئندہ اُس سے۔۔۔۔ لو اب وعدہ رہا کہ اُس کی صورت بھی نہ دیکھوں گا۔"

لیکن رضیہ کے پھر معاف کر دینے پر بھی پرویز ناہید سے پیچھا نہ چھڑا سکا۔ وہ کسی نہ کسی طرح اُسے مِل جاتی اور اپنے ساتھ لے جاتی۔ اپنے پیار کا واسطہ دے کر، اپنی قسمیں دے کر وہ اُسے مجبور کر دیتی۔ یا پھر اپنے ساتھ نئے یا پُرانے احباب اور دوست بھی لے آتی۔ جس سے پرویز ساتھ جانے پر مجبور ہو جاتا۔ اختر ہر روز اُس سے ملنے کے لیے اُس کے گھر آتا رہا۔ لیکن اُس سے ملے بغیر ہی چلا جاتا۔ سنیچر کے دن ناہید زبردستی پرویز کو کھینچ کر اپنے گھر لے آئی۔ صوفے پر بٹھا کر اُس نے کہا۔ "اچھا ٹھہرو۔ میں چائے کے لئے نوکر کو کہہ کر آتی ہوں۔"

"نہیں ناہید! اب مجھے جانا ہوگا۔ گھر پر میرا انتظار ہو رہا ہوگا۔"

عجیب نگاہوں سے وہ پرویز کو دیکھتے ہوئے بولی۔ "اچھا سچ کہو، کیا تمھیں اپنی بیوی سے بہت محبت ہے؟"

"محبت ـــ؟ ہاں! ہر شوہر کو اپنی بیوی سے محبت ہونی ہی چاہیئے۔"

ایک عجیب انداز سے وہ سر ہلاتے ہوئے بولی۔

"بس تمھاری محبت یہیں تک محدود ہے! اپنے دل کی کہو!"

پرویز جواب میں خاموش رہا۔

اچانک ناہید کو جانے کیا ہو گیا۔ وہ پرویز کے پاس ہی صوفے پر بیٹھ کر بولی۔ "سچ کہو ڈیئر! کیا تم نے میرے پیار کو اتنی جلدی بھلا دیا۔ لیکن آہ!!" اُس کی آواز بھرا سی گئی۔ "مجھے تو ابھی وہ دن کل کی بات معلوم ہوتے ہیں جب تم میرے ہاتھوں کو اپنے ہاتھوں سے گرماتے ہوئے کہا کرتے تھے۔ "آئی لو یو ویری مچ ڈارلنگ! ویری مچ!!" اور پھر اُس نے اپنا سر پرویز کے کندھوں پر ڈال دیا۔ پرویز کا دل زور سے دھڑک اُٹھا۔ وہ گھبراہٹ میں جلدی سے اُٹھ کھڑا ہوا ناہید بھی جلدی سے اُٹھ کھڑی ہوئی اور پرویز کا ہاتھ پکڑ کر بولی۔

"تمھیں میری قسم، یوں میرا دل توڑ کر نہ جاؤ!"

اور پھر اُس نے اپنا سر پرویز کی چھاتی پر ٹکا دیا۔ اور اپنے جسم کا تمام بوجھ پرویز پر ڈال دیا۔ پرویز کے دل میں بھی طوفان اُٹھ رہا تھا۔ اُس نے اپنے دونوں ہاتھوں سے ناہید کے چہرے کو تھام لیا۔ اور اُس کے آنسو پونچھ دیئے۔ ناہید نے پھر سسک کر پرویز کی چھاتی پر اپنا سر رکھ دیا۔ اور پھپک پھپک کر رونے لگی۔

نو بجے جب پرویز گھر پہنچا تو باہر کا دروازہ کھلا تھا۔ اُس نے اندر داخل ہو کر ہینگر

پر فیلٹ ہیٹ رکھ دیا۔ ساتھ کے ڈائننگ رُوم سے ہلکے ہلکے قہقہوں کی آواز آرہی تھی۔ وہ دروازے کے پاس آکر کھڑا ہوگیا۔ کسی مرد کے ہنسنے کی آواز آرہی تھی۔

"سچ رضیہ جب بچپن کے سہانے دن یاد آتے ہیں تو.... لیکن.... لیکن...؟"

تھوڑی دیر خاموشی کے بعد گہری سنجیدہ آواز پھر آئی۔

"آہ! میرے سہانے خوابوں کی تعبیر کتنی پُردرد اور غم و اندوہ میں ڈوبی ہوئی ہے۔ کاش رضیہ تم نے میرا چند دن......"

رضیہ کی آہستہ آواز آئی۔ "ایسا نہ کہیں بھائی جان! قسمت کو یہی منظور تھا۔ اب گزری ہوئی باتوں کو سوچنے سے کیا فائدہ؟ اور اب تو میں رضیہ نہیں، مسز پرویز ہوں۔ یہ باتیں میرے سامنے کہنا اچھی بات نہیں۔"

"ہاں رضیہ! میں بہت پاگل ہوں جو بار بار ایسی بات کرتا ہوں۔ لیکن رضیہ تم بھی تو ہر وقت اُداس اُداس رہتی ہو۔ اور صاف کہوں؟ دیکھ رہا ہوں تم خوش نہیں۔ تمھارا شوہر کیسا ہے؟ یہ مجھے معلوم نہیں۔ آج ایک ہفتہ آئے ہوئے ہوگیا، ابھی تک ملاقات نہیں کر سکا۔ لیکن اتنا کہہ سکتا ہوں کہ وہ تمھیں خوش نہیں رکھتا۔ تمھاری آنکھوں میں لہراتا ہوا غم اس بات کا شاہد ہے!"

پھر خاموشی رہی۔ پرویز نے دروازے کے باہر چند لمحے انتظار کیا۔ پھر اندر داخل ہوگیا۔ اُس نے دیکھا، ڈائننگ ٹیبل کے ایک سرے پر رضیہ آنکھوں میں آنسو لئے اداس کے سامنے سر جھکائے اختر بیٹھا ہے۔ اپنے چہرے پر زبردستی مسکراہٹ لاکر وہ کچھ کہنا ہی چاہتا تھا کہ رضیہ نے اپنی آنکھیں صاف کرتے ہوئے دونوں کا تعارف کرا دیا۔ دونوں کی نگاہوں میں بے تعلقی اور غصہ تھا۔ لیکن ہونٹوں پر رسمی مسکراہٹ!

دوپہر کا وقت تھا جب ٹیلیفون کی گھنٹی بجی تو رضیہ کپڑے بدل رہی تھی۔ ابھی ڈیڑھ بجے اختر آنے والا تھا۔ قطب جانے کا یہ آخری پروگرام اُن دونوں میں پہلے سے طے ہو چکا تھا۔ اُس نے ریسیور اُٹھایا۔ دوسری طرف سے آواز آئی۔

"ہلو! ہُو از سپیکنگ؟" (کون بول رہا ہے)

"رضیہ پرویز دِس سائڈ!" (اِس طرف رضیہ پرویز)

"ہلو مسز رضیہ پرویز! اگر آپ کو فرصت ہو تو ۵ بہادر شاہ روڈ پر تشریف لائیں۔ چند ضروری اُمور پر آپ سے بات کرنے کی خواہش مند ہوں۔"

"آپ کون ہیں؟"

"میں ناہید بول رہی ہوں۔ شاید آپ مجھے۔۔۔"

"ہاں خوب اچھی طرح سے جانتی ہوں۔ لیکن مجھے فرصت نہیں۔ میں نہ آسکوں گی۔"

اُس نے غصے سے ریسیور رکھ دیا۔

جلدی سے کپڑے ڈال کر جب وہ نیچے آئی تو اختر اُس کا انتظار کر رہا تھا۔

"چلیں؟"

رضیہ نے کہا۔ "ہاں! لیکن راستے میں مجھے ایک ضروری کام ہے۔ چند لمحوں کیلئے مجھے ۵ بہادر شاہ روڈ پر اُترنا ہوگا۔"

اور وہ دونوں کار پر ناہید کے ہاں پہنچ گئے۔ رضیہ اختر کو کار ہی میں چھوڑ کر چند لمحوں کی اجازت لے کر سامنے بنگلے میں داخل ہوئی۔ کال بیل بجانے کے چند ہی سیکنڈ بعد ناہید نے خود دروازہ کھولا۔

بولی "کیا آپ مسز رضیہ ہیں؟"

"ہاں!" رضیہ نے مختصر سا جواب دیا۔

وہ پھر بولی "آئیے، مجھے آپ ہی کا انتظار تھا۔"

"لیکن میں تو آنے سے انکار کر چکی تھی۔" سیڑھیاں چڑھتے ہوئے رضیہ نے کہا۔

"پھر بھی جانتی تھی، آپ ضرور آئیں گی۔ عورت ہیں نا۔ ایک عورت اپنے حریف کو کبھی برداشت نہیں کر سکتی۔ اور....."

رضیہ بات کاٹ کر بولی۔ "خیر، باتوں میں وقت ضائع نہ کریں۔ مجھے جلد جانا ہے۔"

ناہید نے ایک بار مسکرا کر رضیہ کو صوفے پر بیٹھنے کا اشارہ کیا اور کہا۔

"بیٹھئے۔ ہاں یہ بات ہے کہ آپ کو ایک نیک مشورہ دینا چاہتی ہوں۔ اگر قبول فرمائیں۔"

"کیا؟"

"یہی کہ آپ ہم دونوں کے راستے میں ایک دیوار کی طرح کھڑی ہیں۔ آپ کے شوہر آپ سے شادی کرنے سے پہلے مجھے چاہتے تھے۔ اور اب بھی..... دو دلوں کے بیچ میں آ کر آپ....."

"مس ناہید!" رضیہ طیش میں آ گئی۔ "میں یہاں بے معنی باتیں سننے کے لئے نہیں آئی۔ میرے شوہر تو آپ کو ایک بیماری سمجھتے ہیں۔ آپ خواہ مخواہ اُن کے گلے پڑی ہیں۔ انھوں نے آپ سے آئندہ نہ ملنے کی قسم بھی کھائی ہے۔"

ناہید ہنستی رہی۔ جیسے رضیہ کا مذاق اُڑا رہی ہو۔ پھر بولی۔

"حالانکہ وہ ہر روز یہاں آتے ہیں۔"

"نہیں آپ جھوٹ بول رہی ہیں۔ لیکن اگر وہ آتے بھی ہیں تو آئندہ نہ آئیں گے۔"

ناہید اُسی طرح ہنستی رہی۔

"وہ آج بھی آرہے ہیں"

"نہیں، وہ کبھی نہیں آسکتے!"

"آج وہ ضرور آئیں گے!"

"نہیں نہیں، کبھی نہیں!" رضیہ چیخ اُٹھی۔ اور غصے سے اُٹھ کر باہر چلی آئی نیچے آکر وہ اختر سے بولی۔

"چلو گھر چلیں"

"کیوں؟" اختر نے پوچھا۔

"یوں ہی، طبیعت خراب ہو رہی ہے"

"لیکن رضیہ! ہمارا تو آج قطب جانے کا پروگرام تھا۔ چلو نہ ہاں دل بہل جائے گا۔ اور سمجھ رہی کل شام جا رہا ہوں۔ جانے پھر کبھی مل سکوں گا بھی یا نہیں" رضیہ کی آنکھوں میں آنسو آگئے۔ وہ کچھ نہ بولی۔ اور کار آہستہ آہستہ قطب مینار کی طرف چل پڑی۔

گھر آکر سب سے پہلے رضیہ نے آفس فون کیا لیکن پرویز آفس میں نہ تھا۔ رضیہ نے کلائی کی گھڑی میں وقت دیکھا۔ پونے پانچ بجے تھے۔ دوسری طرف پرویز کا کلرک اصغر بول رہا تھا۔ رضیہ نے پوچھا۔

"صاحب کہاں گئے ہیں؟ کچھ معلوم ہے؟"

جواب ملا۔ کچھ کہہ کر نہیں گئے۔ صرف اتنا ہی مسٹر مہتہ کے لئے پیغام چھوڑ گئے ہیں کہ اُن کا فون آنے پر انھیں اس نمبر پر فون کرنے کے لئے کہہ دوں۔"

"کیا نمبر، مجھے بھی بتاؤ؟"

اور اصغر سے فون نمبر نوٹ کر کے رضیہ نے اسی نمبر پہ ڈائل گھمایا۔ اُس طرف سے آنے والی آواز نسوانی تھی۔

"ہلو، ہُو از سپیکنگ؟" رضیہ نے پہچان لیا۔ آواز ناہید کی تھی۔ اُس کے تمام جسم میں جھُرجھُری آگئی۔ احساسِ شکست سے اُس کا تمام جسم غصّے سے کانپنے لگا۔ رسیور کان سے لگائے وہ بُت بنی خاموش کھڑی رہی۔ پاس ہی بیٹھے ہوئے اختر نے حیرت سے اُس کی طرف دیکھا۔ اُس کا چہرہ سیاہ پڑ رہا تھا۔ وہ بولا "کیا ہوا رضیہ؟" رضیہ چونک پڑی۔ رسیور رکھ کر وہ صوفے میں گر پڑی۔ اور پھُوٹ پھُوٹ کر رونے لگی۔ "آخر وہ وہاں پہنچ گئے۔ مجھے شکست ہوئی۔ اب میں ایک لمحہ یہاں نہ رہوں گی۔ دو دلوں کے درمیان دیوار نہ بنوں گی۔" اختر ایک دم حیران ہو گیا۔ اُس کی سمجھ میں کچھ نہ آیا۔

"آخر کچھ تو کہو رضیہ، کیا ہوا؟"

"کچھ نہیں کچھ نہیں!" رضیہ کی ہچکیاں بندھ گئیں۔ مجھے اِس وقت اکیلا چھوڑ دیں میں تنہائی چاہتی ہوں۔" اور وہ اور بھی زور سے رونے لگی۔ اختر ایک لمحہ حیرت سے اُسے دیکھتا رہا۔ پھر اُٹھ کر دروازے کے پاس آ گیا۔ اور بولا "رضیہ میں جا رہا ہوں۔ میری جب بھی ضرورت پڑے بلوا بھیجنا۔ یا وہاں چلی آنا۔

آٹھ بجے پرویز گھر پہنچا۔ ناہید کی زبانی اُس نے اُس کے رضیہ کا گھر آنا سن لیا تھا۔ وہ پہلے ہی سے ڈر رہا تھا۔ وہاں آ کر دیکھا تو رضیہ اپنے ٹرنک میں کپڑے رکھ رہی تھی ایک طرف ایک بڑا اٹیچی بند کر کے رکھا ہوا تھا۔ پرویز کو ایک بار اُس نے سوجی ہوئی آنکھوں

سے دیکھا اور پھر اپنے کام میں مشغول ہوگئی۔ پرویز نے حیرت اور ڈر سے ملے جلے جذبات سے کہا۔ "کہاں جا رہی ہو رضیہ ؟"

"کہیں بھی جاؤں، آج سے میرا اس گھر سے کوئی واسطہ نہیں۔ میں دو دلوں کے درمیان میں دیوار نہیں بننا چاہتی۔ آپ ابھی جس کے پاس ہو کر آئے ہیں۔ اُسی کو گھر میں لاکر رکھ لیں۔"

"لیکن رضیہ....."

رضیہ کے آنسو پھر نکل آئے تھے۔ وہ بولی "میں کچھ بھی نہیں سُننا چاہتی۔ مجھے ناہید کے آگے اپنی شکست تسلیم ہے۔ میں یہ گھر چھوڑ دوں گی۔"

پرویز سنجیدہ ہوگیا۔ "کہاں جاؤ گی ؟" اُس کی آواز میں بھی طنز تھا۔

"کہیں بھی چلی جاؤں گی۔ لیکن یہاں نہ رہوں گی۔"

"وہ تو میں جانتا تھا، میرا ساتھ چھوڑنے کا اب تو بہانہ بھی ہے۔" اُس کی آنکھیں جیسے تیر برسا رہی تھیں۔

رضیہ نے ایک بار پرویز کو گھورا۔ اور اُس کی باتوں سے اُس کے دل کو پڑھنا چاہا۔ لیکن کچھ نہ سمجھ سکی۔ پھر چُپ چاپ اپنے کام میں لگ گئی۔ اُس کے ایک گھنٹے بعد وہ ٹیکسی میں اپنا سامان لے کر چلی گئی۔

پرویز تمام رات سو نہ سکا۔ غصّہ، رنج اور شکست کے جذبات نے اُسے پاگل بنا دیا تھا۔ کبھی وہ بستر پر لیٹ جاتا اور کروٹیں بدلتا۔ پھر کبھی اُٹھ کر ٹہلنے لگتا۔ رضیہ کا خالی پلنگ دیکھ کر اُس کے سینے پر سانپ لوٹ جاتا۔ وہ رضیہ کو کتنا چاہتا ہے۔ یہ اندازہ اُسے آج ہی ہوا۔ لیکن رضیہ.... وہ تو اختر.... اور اختر کا خیال آجانے ہی سے وہ غصّے سے کانپ جاتا

صبح ہوگئی۔ وہ بستر سے اُٹھ کر ٹہلنے لگا۔ کبھی کھڑکی کے پاس آکر کھڑا ہو جاتا۔ کبھی کرسی پر آ بیٹھتا اور کبھی ٹہلنے لگتا۔ جب کلاک نے دس بجائے تو وہ چونک پڑا۔ ٹیلیفون پر آکر اُس نے ریسیور اُٹھایا۔ اور نمبر گھما کر آفس فون ملایا۔ "ہلو اصغر! میں پرویز بول رہا ہوں۔ دیکھو آج میں آفس نہ آسکوں گا۔ ہاں ہاں طبیعت ٹھیک نہیں ہے۔" وہ ریسیور رکھنا ہی چاہتا تھا کہ اُسے نہ جانے کیا خیال آیا۔ بولا۔ "کیا کل مسٹر مہتہ نے فون کیا تھا؟"

"نہیں صاحب! ہاں بیگم صاحبہ کا فون آیا تھا، آپ کا دیا ہوا نمبر اُنھیں دے دیا تھا۔"

اور پرویز کا تمام جسم جیسے پھنک اُٹھا۔ نڈھال سا ہو کر اُس نے ریسیور رکھ دیا۔ اور بڑبڑانے لگا۔ "میں ہی قصوروار ہوں۔ میں نے۔۔۔"

دروازہ کھلا اور اختر داخل ہوا۔ اُس کا چہرہ اُسی طرح سنجیدہ تھا۔ اور کسی تبدیلی کا احساس نہ ہوتا تھا۔ آداب کر کے وہ بولا۔

"اب رضیہ کی طبیعت کیسی ہے؟ کل یکایک نہ جانے اُسے کیا ہو گیا تھا۔"

اور پرویز حیرانی سے اختر کے چہرے کی طرف دیکھنے لگا۔ اُس کے چہرے پر بناوٹ کی کوئی جھلک نہ تھی۔ وہ بول اُٹھا۔

"تو کیا۔۔۔۔ کل رضیہ تمھارے پاس نہیں آئی؟"

"کیا کہہ رہے ہو؟ رضیہ اور میرے پاس! کہاں گئی؟ کیا بات ہوئی۔۔۔۔ آخر بات کیا ہوئی؟"

اور پرویز دھم سے صوفے پر گر گیا۔۔!!

وہ لڑکی

کیفے میں رقص شباب پر تھا۔ لوگ کیف و مستی سے دیوانے ہو رہے تھے ہر منٹ منٹ کے
بعد تالیاں بج رہی تھیں۔ فضا میں قہقہے گونج رہے تھے۔ بالمقابل بیٹھے ہوئے جوڑوں میں چھپے چھپے
اشارے اور دبی دبی سرگوشیاں ہو رہی تھیں۔ کتنے ہی حسین جوڑے کیفے میں بجتے ہوئے بینڈ کے دلکش
سُروں پر رقص کر رہے تھے۔ کچھ حسین آنکھیں کسی کی تلاش میں ادھر اُدھر دیکھ رہی تھیں پھر نگاہوں
ہی نگاہوں میں نہ جانے کیا اشارے ہوتے کہ پھر ایک نیا جوڑا دوسرے جوڑوں کے ساتھ محو
رقص ہو جاتا۔ کیفے میں کیف و نشاط کی دُنیا مسکرا رہی تھی۔ بینڈ پر بجتا ہوا سنگیت تال پر تھرکتے
ہوئے پاؤں، سگریٹ کے دھوئیں سے بھرے ہوئے ہال کا دھندلا دھندلا سا منظر۔ ایک عجیب
سا ماحول بن رہا تھا۔ وہ کیفے کے ایک سرے پر کھڑا تمام ماحول کا جائزہ لے رہا تھا حسین جوڑوں
کے چہروں پر اُبھرے ہوئے مسرت و سرور کے نقوش اور ہر طرف بکھری ہوئی زندگی کا وہ کھچی کھچی سی

نگاہوں سے جائزہ لے رہا تھا۔ اُس کا سر چکرانے لگا۔ وہ اب اُکتا سا گیا تھا۔ اُٹھتے ہوئے قہقہے اُسے بے ہنگم سے اور بینڈ کی سُریں اُسے بے معنی معلوم ہونے لگی تھیں۔ وہ آہستہ آہستہ قدم بڑھاتا ہوا درمیان کے راستے سے گزر کر دروازے کے پاس آ گیا۔ میوزک تیز ہو گیا تھا۔ اور فرش پر رقص کرتے ہوئے پاؤں تیزی سے حرکت کرنے لگے تھے۔ قہقہوں اور تالیوں کا شور بڑھ گیا تھا۔ وہ دروازہ کھول کر باہر نکل آیا۔ جوں ہی اُس نے دروازہ بند کیا سنگیت کی دُھنیں مدھم پڑ گئیں۔ تھرکتے ہوئے پاؤں کا شور پہلے سے کم ہو گیا۔ قہقہوں اور تالیوں کی آواز بند ہو گئی۔ وہ سامنے سڑک پر آہستہ آہستہ قدم بڑھاتا ہوا چلتا گیا۔ اُس کے پاؤں اُسے خود بخود خدا داد ریسٹورنٹ کی طرف لے جانے لگے۔ اور وہ بڑھتا ہی گیا۔ پھر ریسٹورنٹ کے قریب آ کر وہ رُک گیا۔ اُس نے عین سامنے والی راشن شاپ کی طرف دیکھا۔ سب کچھ ویسے ہی تھا۔ ویسے ہی تمام کاروبار چل رہا تھا۔ اُسی طرح خدا داد ریسٹورنٹ میں بیٹھے ہوئے لوگ چائے یا کافی پی رہے تھے۔ سب کچھ وہی تھا، اُسی طرح تھا لیکن ــــ اُس کے منہ سے ایک آہ نکل گئی اُس کے بغیر یہ کتنا پھیکا ہے۔ اور بے رونق معلوم ہو رہا ہے۔ کہاں ہیں اُس کے دبے دبے قہقہے۔ ہاتھوں سے کیے جانے والے عجیب عجیب اشارے اور گہری جھیل کی طرح خوشی کی ترنگوں سے چمکتی ہوئی اُس کی دو آنکھیں۔ اُس کے بغیر یہ سب نامکمل ہے۔ سب پھیکا ہے۔ سب بے لطف ہے!" اُس کے پاؤں خود بخود خدا داد ریسٹورنٹ کے اندر کی جانب اُٹھ گئے۔ لیکن پھر نہ جانے کیا سوچ کر وہ مُڑا اور تیز تیز قدم اُٹھاتا ہوا "دیونڈر گیرج" کے اندر گھس گیا۔ آدھے گھنٹے کے بعد وہ اُسی طرح اُداس اُداس اور لڑکھڑاتے ہوئے قدموں سے باہر نکلا۔ اُس کے پاؤں پھر خدا داد ریسٹورنٹ کی طرف اُٹھ گئے۔ اور ایک ہی منٹ بعد وہ خدا داد ریسٹورنٹ میں تھا۔ وہ اُسی جگہ آ کر بیٹھ گیا جہاں ہر روز بیٹھتا تھا۔ ریسٹورنٹ

کے سبھی بیرے اُسے جانتے تھے بغیر آرڈر لئے ہی اُس کے سامنے بیرہ چائے کی پیالی رکھ گیا۔ اور اُس نے پیالی ہاتھ سے اُٹھا کر ہونٹوں سے لگا لی۔ راشن شاپ سے تمام لوگ جا چکے تھے سوائے کرنے والی باقی اور لڑکیاں اور دو آدمی جانے کے لئے اپنے کپڑے جھاڑ رہے تھے۔ اُس نے اپنا سر کھجلایا۔ "وہ کہاں ہے؟ آج تین دن سے اِس کا کوئی پتہ نہیں۔ نہ جانے بیمار ہے۔ اُس کے بارے میں وہ کچھ جانتا بھی تو نہیں۔ وہ کون ہے، اُس کا نام کیا ہے؟ وہ کہاں رہتی ہے؟ اُسے کچھ بھی معلوم نہیں۔ سامنے سے ہریش آتا ہوا دکھائی دیا۔ اُس کے ہونٹوں پر مسکراہٹ تھی آتے ہی معنی خیز نگاہوں سے راشن شاپ کی طرف دیکھ کر وہ شرارت سے بولا۔

"کیوں چڑیا اُڑ گئی؟"

ہریش کی ہنسی میں شامل ہونے کے لئے وہ بھی مسکرا دیا۔ ہریش نے مسکرا کر اُس کے کندھے پر ہاتھ مارا۔ "بیٹا! تین ہی دن میں یہ مجنوں کی طرح چہرہ بنا لیا ہے۔ بس اب گئے کام سے!"

"نہیں ہریش، ایسا تو کچھ بھی نہیں۔ لیکن نہ جانے کیوں دل کو کچھ نہیں بھا رہا۔ آخر تین دن ہو گئے وہ آئی کیوں نہیں؟ کیا ہو گیا آخر؟"

ہریش زور سے ہنس پڑا اور بولا۔ "تو دوست گھبراؤ نہیں، ابھی لو۔" اور اتنا کہتے ہی ہریش ریسٹورنٹ سے باہر نکل کر سامنے کی راشن شاپ سے نکلتی ہوئی ایک لڑکی کے پاس کھڑا ہو گیا۔ چند منٹ تک آہستہ آہستہ اُس سے کچھ باتیں کیں۔ پھر مسکراتا ہوا وہ ریسٹورنٹ میں لوٹ آیا۔ اُس لڑکی کی نگاہیں ہریش کے تعاقب میں ریسٹورنٹ کے اندر تک گئیں۔ پھر اُس نے مسکراتے ہوئے دوسری لڑکی سے جو ابھی اُس کے ساتھ ہی آ کر کھڑی ہو گئی تھی کچھ سرگوشی کے انداز میں کہا جس سے دونوں نے ایک دبا دبا سا قہقہہ مارا اور چلی گئیں ہریش آتے ہی بولا۔ "تو بھائی! زیادہ اُداس ہونے کی ضرورت نہیں۔ شریمتی جی کل ہی

تشریف لے آئیں گی کسی سہیلی کی شادی پر تین دن کے لیے چھٹی لے کر گئی ہوئی ہیں"

"میں نہ کہتا تھا، کوئی نہ کوئی وجہ ضرور ہوگی" اُس کی آنکھیں خوشی سے چمک اُٹھیں ہریش قہقہہ مار کر ہنس پڑا۔ پھر ایک دم سنجیدہ ہو کر بولا۔

"دیوندر! دیکھتا ہوں تم بہت سنجیدگی سے آگے بڑھتے جا رہے ہو لیکن تمھاری یہ سنجیدگی مجھے اچھی نہیں لگتی۔ تم اِن سستی اور آوارہ لڑکیوں سے یوں محبت کرنے لگو گے یہ تو میں نے کبھی سوچا بھی نہ تھا۔ وہ کون ہے؟ اُن کی حالت کیا ہے؟ ایک لڑکی جو گھر کا گزارہ چلانے کے لیے راشن شاپ میں نوکری کرتی ہے وہ.... خیر کچھ بھی ہو تم اپنی پوزیشن کی طرف دیکھو۔ تم پنجابی اور وہ مراٹھی۔ تم ایک امیر اور وہ ایک سستی سی غریب چھوکری۔ تمھاری سنجیدگی یہاں بالکل نہیں جچتی" وہ خاموشی سے ہریش کی باتیں سنتا رہا پھر اُس نے ایک پھیکی مسکراہٹ ہونٹوں پر لیے ہریش کی طرف دیکھا۔ جیسے ہریش کی باتوں کا اُس نے یہی جواب دیا ہو۔ پھر اُس نے اپنی نگاہیں راشن شاپ کے بند دروازے کی طرف مرکوز کر دیں۔

صبح ساڑھے دس بجے دیوندر کو سامنے سے آتی ہوئی وہی لڑکی مل گئی۔ وہ راشن شاپ سے اپنی فرسٹ شفٹ کو پورا کر کے لوٹ رہی تھی۔ ہر طرف جیسے رنگینی ہی رنگینی چھا گئی۔ فضا مسکرا اُٹھی۔ نہ جانے اُسے کیا ہو گیا۔ اُس کے پاس کھڑا ہو کر اُس نے کہا۔

"نمستے!"

ایک حسین مسکراہٹ سے اُس کا چہرہ تمتما اُٹھا۔ اور اُس کے چلتے قدم رُک گئے۔ پھر دونوں ساتھ ساتھ چلنے لگے۔ وہ بولا "آپ تین دن سے آئی نہیں؟"

وہ ہنس دی اور ترنم ریز آواز سے بولی "آپ نے تحقیقات کر لی تھی؟"

اور چنچل ہرنی جیسی آنکھیں اُس نے اُس کی طرف گھما دیں۔ اُسے عین موقعہ پر کوئی جواب نہ سوجھ سکا۔ پھر چلتے چلتے یوں ہی باتیں ہونے لگیں۔ "آپ کتنے بجے آتی ہیں؟ شام کے وقت بمبئی سنٹرل سے آتی ہو یا گرانٹ روڈ کی طرف سے؟"

اُس دن وہ اُس کے ساتھ ہی گرانٹ روڈ سے ٹرین میں سوار ہو گیا۔ اور جب گاڑی چل دی تو اچانک اُس نے پوچھ لیا۔

"یہ دیوندر گیرج کس کا ہے؟"

"میرا ہی ہے۔ میرا نام دیوندر ہے!"

"اوہ!" وہ مسکرا دی۔ "پھر آپ کو یوں تھرڈ کلاس میں سفر کرنے کی کیا ضرورت ہے آپ تو جہاں چاہیں کار سے جا سکتے ہیں۔"

"ہاں یہ تو ٹھیک ہے۔ مگر ـــ مگر تمھاری COMPANY" اُس نے ایک بار بے باک نگاہوں سے اُسے دیکھا۔

"میری COMPANY ـــ نہ میرا ساتھ آپ کو نہ مل سکے گا۔"

شرماتی ہوئی دیوندر کی نگاہیں ایک بار اوپر اُٹھ گئیں۔ یہ لڑکی کتنی عجیب اور بے باک ہے!

"کیوں؟" وہ بولا۔

"کیوں کہ میری تو منگنی بھی ہو چکی ہے۔ لڑکے کو میں نے خود پسند کیا ہے۔"

"اچھا!" حیرت سے اُس کے منہ سے نکل گیا۔ وہ لمحہ بہ لمحہ اُس کی عجیب باتوں سے حیران ہو رہا تھا۔ "پھر تم مجھے کیوں اُکسا رہی ہو؟"

وہ ہنس پڑی۔ "کیا؟"

دیویندر نے اپنی بات کو دہرادیا۔ وہ بولی۔ میں تمھیں اُبھار رہی تھی یا تم! — تم ہی تو ہر روز ریسٹورنٹ میں بیٹھ کر مجھے گھورا کرتے تھے۔ پھر وہ کھلکھلا کر ہنس پڑی۔ ایک لمحہ دیویندر خاموش رہا۔ شاید وہ سوچ رہا تھا کہ اب کیا کہے؟ پھر اُس نے مُڑ کر کہا۔

"تم — تم پہلی لڑکی ہو — جس کی طرف خود بخود میرا دل کھنچتا آرہا ہے۔ جانے یہ سب کیوں ہے؟ میری بھی منگنی ہو چکی ہے۔ لڑکی کالج میں پڑھ رہی ہے۔ وہ کافی سلیقہ مند اور خوبصورت لڑکی ہے۔ لیکن اُس میں وہ بات نہیں جو تم میں —"

"ہوں!" وہ یوں بولی جیسے یہ سب سُننے کی عادی ہو۔ پھر ایک لمحہ خاموش رہی۔ گاڑی لوکل سٹیشنوں پر کھڑی ہوتی اور چل پڑتی۔ کچھ دیر کے بعد وہ بولا۔

"اچھا تمھاری شادی کب ہے؟"

وہ اُسی طرح بے باک نگاہوں سے اُسے دیکھ کر بولی "اِسی سال دسمبر میں!"

"مجھے بلاؤ گی نا؟"

وہ خاموش رہی۔ وہ پھر بولا "اچھا تمھارا نام کیا ہے؟"

"شوبھا!" اور ساتھ ہی وہ اُٹھ کھڑی ہوئی بولی۔ باندرہ کا سٹیشن آگیا مجھے یہیں جانا ہے!"

"تو تم یہاں رہتی ہو؟ سٹیشن سے کتنی دُور؟"

"قریب ہی۔ چند ہی منٹوں میں گھر پہنچ جاؤں گی" اور پھر وہ اُتر کر پلیٹ فارم کی سیڑھیوں پر چڑھنے لگی۔

اُس کے بعد تین چار چھوٹی چھوٹی ملاقاتیں ہوتی رہیں۔ ویسے تو وہ: یہ سی ہی

ملاقات میں بے باک ہو گئے تھے۔ لیکن اب اور بھی کھُل گئے تھے۔ پھر ایک دن ایک اور واقعہ رُونما ہوا۔

اُس دن صبح وہ جلدی ہی اپنے گیرج میں آ گیا۔ راستے میں اُس نے جو کچھ دیکھا اُس سے جل کر رہ گیا۔ راشن شاپ کے پاس سے ایک لڑکا گزر رہا تھا۔ شوبھا کو دیکھ کر کھڑا ہو گیا۔ اُسے نمستے کہی۔ اور پھر چند لمحے وہ اُس کے ساتھ ہنس ہنس کر باتیں کرتا رہا۔ پھر وہ چلا گیا۔ وہ اب بھی ہنس رہی تھی۔ اُس کی آنکھوں سے شعلے نکلنے لگے۔ اور وہ تلملایا ہوا گیرج میں آ گیا۔

اُس دن اُس کا کام میں جی نہ لگ سکا۔ ہر لمحہ وہی صبح کا منظر اُس کی آنکھوں کے سامنے بجلی کی طرح کوندجاتا۔ جس سے وہ جل کر رہ جاتا۔ کوئی شے اُس کی رُوح میں گھُس کر زہر بھر رہی تھی۔ نیز دِل نشتر چبھو رہی تھی۔ شام کو وہ خداداد ریسٹورنٹ کے پاس سے ہی گزر گیا۔ اُس کے قدم معمول کے مطابق اندر کی جانب اُٹھنا چاہتے تھے۔ لیکن کسی فیصلہ کُن طاقت نے اُسے اندر جانے سے روکے رکھا۔ اُس کا سَر، اُس کی نگاہیں راشن شاپ کی طرف اُٹھنے کے لئے بے چین ہو رہے تھے۔ لیکن اُس نے اندر ہی اندر اپنا دامن کس لیا۔ اپنے اِس جذبہ کو دباتے ہوئے وہ اُس کی طرف بغیر دیکھے ہی گزر گیا۔

پھر تین دن اِسی طرح سے گزر گئے۔

اُس نے خداداد ریسٹورنٹ میں جانا چھوڑ دیا۔ دن میں کتنی ہی بار وہ جان بوجھ کر وہاں سے گزرتا۔ لیکن ایک بار بھی آنکھ اُٹھا کر اُدھر نہ دیکھتا۔ لیکن چوتھے دِن ہزار ضبط کے باوجود اپنے پر قابو نہ پا سکا۔ پونے گیارہ بجے وہ گرانٹ روڈ اسٹیشن پر پہنچ گیا۔ وہ بھی سامنے سے آ رہی تھی۔ پاس آ کر بولی "کیوں اچھے تو ہو نا؟"

اُس کے ہونٹوں پر مسکراہٹ تو تھی، لیکن پھیکی پھیکی۔

اُس نے سر اُٹھا کر اُس کی طرف دیکھا۔ اور کچھ جواب نہ دیا۔ پورے تین دن کے بعد اُسے دیکھ کر اُس نے فوراً ہی اُس کے چہرے کی تبدیلیاں بھانپ لیں۔ اُس کا چہرہ بے رونق ہو گیا تھا۔ اُس کی چمکتی ہوئی آنکھیں جن میں ہر وقت سرخ سرخ ڈورے کھنچے رہتے، اب سونی ہو گئی تھیں۔ نہ جانے کیا ہوا اُس کے رونگٹے کھڑے ہو گئے۔ پھر وہ گاڑی میں سوار ہو گئے۔ گاڑی چل پڑی۔ اُس نے سوال کیا "۔ایک بات پوچھوں؟"

"کیا؟" اُس نے اُس کی طرف دیکھا۔

"اُس دن جس لڑکے سے تم باتیں کر رہی تھیں، وہ تمھارا دوست تھا؟"

"ہوں!" وہ طنز بھری مسکراہٹ سے مسکرا کر اُس کی طرف دیکھنے لگی۔

"تمھارے کتنے دوست ہیں؟" اُس نے پھر چوٹ کی۔

"بہت!" اُس نے اُسی انداز سے کہا۔

"کیا میں بھی اُن میں سے ایک ہوں؟"

"یہی سمجھ لو۔ لیکن اِن باتوں سے مطلب؟"

"کچھ نہیں — میں صرف یہی کہنے آیا تھا — کہ — کہ پرسوں میں شملہ جا رہا ہوں — یہ آخری ملاقات ہے!"

وہ خاموش رہی۔ پھر بولی "واپس نہ آؤ گے؟"

"تمھیں کیا میں واپس آؤں یا نہ آؤں۔ تمھارے تو بہت دوست ہیں۔ میں نہ سہی اور سہی!"

وہ خاموش رہی۔ اُس نے اپنا سر جھکا لیا۔ پھر سر موڑ کر کھڑکی سے باہر دوڑتے ہوئے

مکانوں اور بلڈنگوں کو دیکھنے لگی۔

اچانک وہ بول اُٹھا "شوبھا —" اُس کی آواز میں ارتعاش تھا۔

"ہوں!" اُس نے اُس کی طرف دیکھا۔

"کیا تمھیں مجھ سے محبت ہے ؟"

"نہیں" اُس کا نچلا ہونٹ دانتوں کے نیچے دب گیا اور وہ رُخ موڑ کر کھڑکی سے باہر دیکھنے لگی۔

"میں جانتا ہوں یہ تمھارے دل کی آواز نہیں۔ تمھاری مسکراتی ہوئی آنکھوں کی زبان میں اچھی طرح پڑھ چکا ہوں"

اچانک وہ پھر مُڑی۔ اپنے چہرے پر زبردستی مسکراہٹ لا کر بولی۔

"میری آنکھوں پر نہ جانا، یہ بہت آوارہ ہیں۔ میری ماں، میری تمام سہیلیاں اور دوست بھی، سبھی یہ کہتے ہیں" وہ طنز کرتے ہوئے بولی۔

"نہیں شوبھا، میں ایسا نہیں سمجھتا۔ میں سب جانتا ہوں۔ میری طرف دیکھو، سچ کہو، تمھیں میرا شملہ جانا اچھا لگتا ہے ؟"

"جب جانا ہی ہے تو اچھا کیا، اور بُرا کیا ؟"

"نہیں، میں نہ جاؤں گا۔ تمھارے بغیر میں کبھی بھی ایک پل نہیں رہ سکتا۔ نہ جانے مجھے کیا ہو گیا ہے ؟"

وہ اُسے دیکھتی رہی۔ پھر طنزیہ مسکراہٹ سے ایک بار اُس کا تمام جسم کانپ گیا۔ سنجیدگی سے وہ بولی "میں غریب ہوں۔ اپنا اور اپنی ماں کا پیٹ پالنے کیلئے راشن شاپ میں نوکری کرتی ہوں۔ لیکن میری عزت اتنی سستی نہیں۔ تم امیر ہو۔ تمھارا ایک موٹر گیرج ہے۔

تم جہاں چاہو موٹروں اور کاروں میں گھوم پھر سکتے ہو۔ پھر بھی تم میری عزت کو نہ خرید سکو گے۔ تم نے میرا ساتھ مانگا تھا۔ اُس کے لئے میں پہلے ہی دن انکار کر چکی ہوں۔ پھر مجھے کیوں پریشان کرتے ہو؟" اُس کی آنکھیں بھر گئیں۔ وہ پھر کھڑکی سے باہر دیکھنے لگی۔

"شوبھا!" اُس کی آواز کانپ اُٹھی۔

اُس نے آنچل سے اپنی آنکھیں صاف کیں۔ اور ڈبے میں اِدھر اُدھر نگاہ دوڑائی ڈبہ تقریباً خالی تھا۔ دُور کے بنچوں پر دو تین آدمی اپنے خیالوں میں محو تھے۔

"شوبھا تم سچ کہو، تم مجھ سے محبت کرتی ہو؟"

"آخر تم چاہتے کیا ہو؟ کیا مجھ سے شادی کرنا چاہتے ہو؟" وہ بیباک ہو کر بولی۔

"نہیں، میں جانتا ہوں کہ تمھاری شادی چھ ماہ تک ہونے والی ہے۔" وہ عجیب نگاہوں سے اُس کی طرف دیکھ کر ہنسنے لگا۔ وہ پھر بولا "یہ بھی جانتا ہوں کہ لڑکے کو تم نے خود ہی پسند کیا ہے۔"

"تو پھر آخر کیا چاہتے ہو؟"

"صرف یہی کہ تم اپنے دوستوں کو چھوڑ دو۔ اور اگر میں بھی دوستوں میں سے ہوں تو مجھے بھی!"

وہ حیرانی سے اُس کی طرف دیکھنے لگی۔ وہ پھر بولا "تم نہیں جانتیں کہ تم میری زندگی میں پہلی لڑکی ہو جسے میں نے چاہا ہے۔ میں بھی تمھاری زندگی میں داخل ضرور ہوا ہوں چاہے ایک دوست کی حیثیت سے ہی سہی۔ لیکن میں چاہتا ہوں کہ زندگی کے آخری لمحوں تک اِس دوست کو نہ بھول سکو۔ میں تم سے کوئی خواہش نہیں رکھتا۔ کسی چیز کی تم سے تمنا نہیں، اگر تم محبت کا جواب محبت سے نہیں دے سکتیں تو یہ بھی نہ سہی۔ بس صرف یہ چاہتا ہوں۔" وہ

کہتا کہتا خاموش ہو گیا۔ وہ اُس کے چہرے کی طرف دیکھ رہی تھی۔ اُس کی خاموشی سے اُس کے چہرے پر بے چینی کے آثار نمایاں ہونے لگے۔ وہ پھر بولا۔ میں تم سے یہی چاہتا ہوں شوبھا کہ تم بلند ہو جاؤ! میں تمھیں ایک اچھی لڑکی دیکھنا چاہتا ہوں، عام لڑکیوں سے بلند — میں تمھاری عزت کو اپنے روپے سے خریدنا نہیں چاہتا۔ اپنی محبت سے اُسے اور بھی محفوظ کر دینا چاہتا ہوں۔ تمام لوگوں سے، تمھارے دوستوں سے، اور خود اپنے سے بھی محفوظ کر دینا چاہتا ہوں۔" وہ حیرت سے اُس کی طرف دیکھتی رہی۔ وہ پھر بولا۔ "وعدہ کرو کہ اب تم کسی لڑکے سے بات بھی نہ کرو گی۔ اور مجھ سے بھی نہیں!"

اُس کا چہرہ چمک اُٹھا۔ اُس کی آنکھیں بھیگ گئیں۔ گاڑی باندرہ کے سٹیشن پر رُکی وہ اُٹھتے ہوئے بولی۔ "اچھا دیکھو تم بھی کسی لڑکی کی طرف نہ گھورنا۔ اپنے روپے اور چیتے ہوئے لباس سے کسی ریستوران میں بیٹھ کر کسی بھی لڑکی کو نہ گھورنا۔ چلتی ہوئی لڑکیوں کا ساتھ دے کر ان کے گھر تک پہنچانے کے لیے ٹرین میں اُن کا ساتھ نہ دینا۔ کیا کر سکو گے؟" اُس کی شوخی اور شرارت کچھ سمٹ کر اُس کی آنکھوں میں ناچنے لگی اور پھر وہ مسکراتی ہوئی گاڑی سے اتر گئی۔ اور جب گاڑی جھٹکے سے چلی تو وہ چونک کر اُٹھ بیٹھا۔ اور چلتی ہوئی گاڑی سے نیچے اُتر کر اُس نے شوبھا کا ہاتھ پکڑ لیا۔

"مجھے سب منظور ہے اگر تمھیں بھی منظور ہے!"

پھر وہ بولا میرا ساتھ تو نہ چھوڑ دو گی؟"

"اوں ہوں!" وہ سر ہلا کر شوخی سے بولی۔

اور سٹیشن کے بے رونق ماحول میں اُن کا شوخ قہقہہ ہم آہنگ ہو کر پھیل گیا۔

پندرہ سال بعد

پچھلے دو گھنٹوں سے بارش کا زور متواتر بڑھ رہا تھا۔ کاٹیج کے سامنے کی سیاہی اور سپاٹ سڑک، جلتے ہوئے بجلی کے پوسٹ کی بھیگی بھیگی اور زرد روشنی میں عجیب سی معلوم ہو رہی تھی اس کے ساتھ ساتھ شیشم کے درخت بھی بارش میں نہائے سردی سے کانپ رہے تھے۔ سڑک کے بیچ سے ایک آدمی لمبی برساتی اور فیلڈ ہیٹ میں ملبوس لمبے لمبے ڈگ بھرتا ہوا بارش سے بے پرواہ بے نیاز کاٹیج کی طرف چلا آ رہا تھا۔ ایک لمحہ کے لئے پاس کے شیشم کے درخت کے نیچے رُکا تو ٹھنڈی ہوا کے ایک جھونکے سے سڑک پر پڑتا ہوا درخت کا سایہ کانپ گیا۔ اس نے ایک بار نگاہیں اٹھا کر کاٹیج کے بیرونی کمرے کی طرف دیکھا۔ کمرے کے برقی قمقمے روشن ہو چکے تھے اور کھڑکیوں اور دروازوں کے رنگ برنگ کے شیشوں سے اس کی روشنی چھن چھن کر باہر سڑک پر پھیل رہی تھی۔ اس کے ہونٹ ایک عجیب کراہٹ سے بھیگ گئے۔ اور چہرہ تمکنت

سے چمک اُٹھا۔ اُسی وقت پیانو کی مدھم مدھم دل کش آواز آنے لگی۔ اور اُس کے اُٹھے ہوئے قدم ایک لمحے کے لئے پھر رُک گئے۔ اُسے ایسا معلوم ہوا جیسے برستی ہوئی بوندوں کے ترنم سے وجد آفریں نغمہ نکل کر بھیگی بھیگی فضا میں تحلیل ہونے لگا ہے۔ آہستہ سے اُس کے مُنھ سے نکل گیا۔

"اندرا ـــــ!"

اور اُس کے ہونٹوں کی مسکراہٹ اور گہری ہو گئی۔ اُسی وقت بادل گرجے اور آسمان پر بجلی چمک اُٹھی۔ اُس نے عجیب سی نگاہوں سے ایک بار اُوپر دیکھا۔ اور آہستہ آہستہ قدم بڑھاتا ہوا پھاٹک کے قریب آکر کھڑا ہو گیا۔ اُسے کھول کر جب وہ صحن میں داخل ہوا، تو پیانو کی مدھم مدھم آواز تیز ہو گئی اور اُس کے ساتھ ہی ایک دل کش رومانی نغمہ فضا میں گونج اُٹھا۔ اُس نے جلدی سے برساتی اور فیلٹ اُتار کر آئینے کے ہینگر سے لٹکا دیئے۔ اور کمرے کے دروازے کی طرف بڑھا۔ جہاں سے پیانو کی آواز آرہی تھی۔ دروازہ تھوڑا کھلا ہوا تھا۔ اور کمرے کی تیز روشنی صحن کی مدھم روشنی پر ایک عجیب سا روشن سایہ بنا رہی تھی۔ اُس کی نظریں غیر ارادی طور پر دروازے کی دراز سے ہو کر کمرے میں جا پڑیں۔ وہ وہیں ٹھٹھک کر رہ گیا۔ اندر پیانو کی کرسی پر بیٹھے ہوئے ماسٹر جی پیانو بجا رہے تھے۔ اور اندرا اُن کی کرسی پر اِس انداز سے جھک کر گا رہی تھی کہ اُس کا جسم ماسٹر جی کے جسم سے مس ہوتا ہوا محسوس ہو رہا تھا۔ ماسٹر جی پیانو بجاتے بجاتے جب اندرا کی طرف مسکراتی ہوئی نظروں سے دیکھتے تو گاتی ہوئی اندرا کا چہرہ بھی خوشی سے سُرخ ہو جاتا۔ اُس کے تمام جسم میں کپکپی پھیل گئی۔ ایک لمحہ وہ وہیں کھڑا رہا۔ پھر جلدی سے مُڑ کر سامنے کے کمرے کا دروازہ کھول کر اندر چلا گیا۔

صبح اندرا نریش کے کمرے میں داخل ہوئی تو حیران رہ گئی۔ خلافِ معمول کمرہ خالی

تھا۔ اُس نے آس پاس کے کمروں اور غسلخانے میں اُسے تلاش کیا۔ لیکن نریش کا پتہ نہ چلا۔ نوکروں اور آیا کو بُلا کر پوچھا۔ لیکن بے سُود۔ پھر جب وہ اُس کے کمرے میں آئی تو میز پر ایک خط دیکھ کر اُسے اور بھی حیرت ہوئی۔ وہ خط کھول کر پڑھنے لگی ——

"اندرا ——

یکایک تم مجھے گُم پا کر حیران رہ جاؤ گی۔ اور اُس سے زیادہ اِس خط کو پا کر۔ میں آج تمام رات ذہنی اُلجھنوں اور کشمکش کے بھنور میں پھنسا رہا ہوں اور جو فیصلہ کر پایا ہوں اُس پر عمل پیرا ہونے کے لئے تم سے بہت دُور جا رہا ہوں۔ میں تمھاری راہ کا کانٹا نہیں بننا چاہتا، اِس لئے تمھاری راہ سے ہٹ کر بہت دُور جا رہا ہوں۔ اتنی دُور کہ پھر شاید کبھی تمھیں نہ مل سکوں آج یہ خط لکھتے ہوئے میری آنکھوں میں آنسو ہیں۔ اور اِن آنسوؤں سے بھری ہوئی آنکھوں کے سامنے ماضی کے دُھندلے دُھندلے نقوش متحرک تصویروں کی طرح پھیل رہے ہیں۔ میں سوچ رہا ہوں جب میں نے دہلی میوزک کانفرنس میں تمھیں پہلی بار دیکھا تھا۔ پہلی ہی نظر میں تم نے میرے احساسات اور جذبات میں طوفان برپا کر دیا تھا۔ تم پہلی لڑکی تھیں جسے میرے دل نے پسند کیا تھا۔ اُسے چاہا اور محبت کی۔ تم سے ملنے سے پہلے میرا خیال تھا کہ میں نے اپنے تخیل میں جو لڑکی بسا رکھی ہے ویسی لڑکی مجھے زندگی بھر نہ مل سکے گی۔ میں نے اپنے خیال کو میں، اپنے تصور میں ایک تصویر بنالی تھی۔ ایک حسین اور دلکش تصویر! جس کی بغیر دیکھے ہی ایک مدت سے پوجا کرتا رہا۔ اُسے دیوی مان کر میں اُسی تصویر کی دل ہی دل میں پرستش کرتا رہا میرا خیال تھا میں زندگی میں ایسی لڑکی کو نہ پا سکوں گا۔ جو میرے من مندر کی دیوی جیسی ہو۔ اسی لئے میری زندگی کی تیس منزلیں گزر گئیں۔ میں نے ایک ان دیکھی لڑکی کے انتظار میں تیس سال تک شادی نہیں کی۔ میرے جذبات اور احساسات ایک مبہم سی امید کے سہارے

اتنے دنوں تک گنوا دیے ہیں۔ لیکن تمھیں میوزک کانفرنس میں پہلی ہی نظر دیکھنے سے میرے من مندر میں تمھاری مسکراہٹ اور آنکھوں کی روشنی سے دیئے جل اُٹھے۔ اور یکایک میں خیالوں اور تصوّرات کی اندھیری دُنیا سے نکل کر حقیقت کی روشنی میں آ گیا۔ تمھیں دیکھ کر مجھے ایسا معلوم ہوا کہ تم میرے تخیل کی وہی دیوی ہو۔ پھر میں تمھیں کیسے نہ چاہنے لگتا لیکن اتنا ہونے پر بھی ایک خیال اُسی وقت کانٹے کی طرح میرے احساس میں کھٹک گیا۔ میں تیس سال کا اور تم، تم اٹھارہ سال کی ایک حسین لڑکی۔ لیکن تم سے ملاقات کے بعد جب تمھیں بھی اپنی طرف کھنچتے پایا تو یہ کانٹا بھی دُور ہو گیا۔ میرے دل میں یہ خیال پختہ ہو گیا کہ محبت عمر اور وقت نہیں دیکھتی لیکن آج —— آج جب کہ ہماری شادی کو ڈیڑھ سال کا عرصہ ہو گیا ہے اچانک وہی کانٹا نشتر بن کر پرانے زخم پر لگنے لگا ہے۔ مجھے آج حقیقت معلوم ہوئی کہ جس راستے پر میں بڑھ آیا تھا وہ غلط تھا۔ میری عمر جلد ہی جوانی کی حدود کو پار کر کے بڑھاپے کی حدود کو چھوئے گی لیکن تم، تمھارے جذبات و احساسات —— سچ مچ یہ بہت ہی بُرا ہوا۔ کاش میوزک کانفرنس کے بعد میں تم سے راہ و رسم بڑھانے کی کوشش نہ کرتا۔ دہلی سے یہاں آ کر اپنے ہاں میوزک کانفرنس نہ بُلاتا۔ اگر بلاتا بھی تو تمھیں نہ بلاتا لیکن نہیں، وہ کانفرنس محض ایک ڈھونگ تھی۔ وہ تو صرف تمھیں بُلانے کا ایک بہانہ تھا۔ آہ! کاش! اور آج جب کہ مجھے اپنی غلطی کا شدید احساس ہو رہا ہے، میں یہاں سے بہت دُور جا رہا ہوں۔ اپنا تمام روپیہ اور جائداد تمھارے نام لکھ کر جا رہا ہوں۔ تم جس طرح چاہو اپنی زندگی گزار سکتی ہو۔ اگر ماسٹر صاحب کو اپنا جیون ساتھی بنانا چاہو تو تمھیں اس کی بھی پوری آزادی ہے۔ مجھے خیال ہے تو صرف ونود کا۔ آہ بیچارا ونود، چھ ماہ کا معصوم بچہ۔ ہو سکے تو اس معصوم نشانی کا خیال رکھنا۔ ویسے تم ہر طرح آزاد ہو......

تم سے بہت دُور

نرتیش"

پندرہ سال بیت گئے۔

پھر برسات کی ایک شام کو جب دن اور رات گلے مل رہے تھے۔ اور کالج کے سامنے اُس سیدھی اور سپاٹ سڑک کے کنارے کی پوسٹ کی بتیاں روشن ہو گئی تھیں۔ ایک آدمی برستی بارش سے بے پرواہ بے نیاز آہستہ آہستہ قدم اُٹھاتا ہوا اُسی کالج کی طرف چلا آرہا تھا اُس کے جسم کے تمام کپڑے بھیگے ہوئے تھے۔ اور سر اور داڑھی کے لمبے لمبے بالوں سے پانی کی بوندیں اُس کے چہرے اور کرتے پر گر رہی تھیں۔ اُس کے قدموں میں ارتعاش تھا۔ کالج کے پاس شیشم کے درخت کے نیچے کھڑے ہو کر اُس نے عجیب سی نگاہوں سے ایک بار کالج کی طرف دیکھا۔ سارا ماحول پہلے کی طرح جوان تھا۔ سامنے بارش میں نہاتا ہوا کالج، سیدھی اور سپاٹ تارکول کی سڑک۔ بجلی کے پوسٹ کی قطار اور شیشم کے درخت سبھی پہلے کی طرح جوان تھے۔ اُسی طرح کالج کے بیرونی کمرے کی کھڑکیوں اور دروازے کے رنگ برنگے شیشوں سے اندر جلتے ہوئے بجلی کے قمقموں کی روشنی چھن چھن کر باہر سڑک پر پھیلی ہوئی تھی۔ شاید اُس کمرے کے اندر اُسی طرح جوان دل . . . .

اُسی وقت پیانو کی مدھم مدھم دلکش آواز آنے لگی۔ اور آسمان پر بجلی چمک اُٹھی۔ ایک بار زور سے بادل گرجے۔ اُس نے ایک بار سیدھی سڑک کی طرف دیکھا۔ جہاں سے وہ چل کر آرہا تھا۔ اُس طرف جب وہ قدم اُٹھانے لگا تو پیانو کی مدھم مدھم سُروں کے ساتھ اب ایک معصوم اور پیاری آواز پرارتھنا گانے لگی۔ اُس کے اُٹھتے ہوئے قدموں میں

جیسے کسی نے بیڑیاں ڈال دیں۔ اُس کے مُنھ سے بے اختیار نکل گیا۔ "ونودا" اور اُس کے پاؤں خود بخود کاٹیج کی طرف اُٹھ گئے۔ پھاٹک کھول کر وہ صحن میں آ گیا۔ کمرے کا دروازہ تھوڑا کھُلا ہوا تھا۔ اُس نے کھڑے ہو کر دروازے کی درازوں سے اندر دیکھا۔ ایک دُبلی پتلی سی عورت پیانو کی کرسی پر بیٹھی ہوئی اپنی پتلی پتلی اُنگلیوں سے پیانو کے سُروں کو چھیڑ رہی تھی وہ اندرا ہی تھی۔ اِن پندرہ سالوں میں جب کہ سارا ماحول جوان تھا، اندرا اپنی عمر سے پہلے ہی بوڑھی، کمزور اور نحیف عورت بن چکی تھی۔ اُس کے دائیں طرف پندرہ سولہ سال کا ایک حسین لڑکا، دیوار پر لگی ہوئی ایک قدِ آدم تصویر کے آگے دو زانو جُھک کر اپنی پیاری معصوم آواز میں پرارتھنا گا رہا تھا۔ یہ تصویر پندرہ سال پہلے کے ونیش کی تھی۔ جو ونود اور اندرا کو ایک غلط فہمی کی بنا پر چھوڑ کر چلا گیا تھا۔ پیانو پر سے اپنی اُنگلیاں ہٹا کر اندرا کرسی سے اُٹھ کھڑی ہو گئی۔ ونود کے ساتھ وہ بھی دو زانو ہو کے تصویر کے سامنے بیٹھ گئی۔ دونوں کے ہاتھ اُن کے گھٹنوں پر تھے۔ اور آنکھیں بند کئے، سر جُھکائے وہ کچھ کہہ رہے تھے۔

اُسی وقت دھم سے باہر کا دروازہ کھُل گیا۔ دونوں نے گردن گھما کر دروازے کی طرف دیکھا۔ وہاں ایک آدمی کھڑا تھا۔ پانی میں بھیگے ہوئے پر بھی جس کے بال اُلجھے ہوئے تھے۔ اُس کے چہرے پر لمبے لمبے ڈاڑھی کے بال بھی اُلجھے ہوئے تھے۔ اُس کی آنکھیں سُرخ تھیں اور اُن سے بے اختیار آنسو نکل کر اُس کے گالوں پر بہہ رہے تھے۔ اندرا چیخ کر اُٹھی اور دوڑ کر اُس کے قدموں سے لپٹ گئی "میرے ـــ میرے سہاگ! آخر تم لوٹ آئے میرے دیوتا! یہ میری پرارتھناؤں کا ہی ۔ ۔ ۔ لیکن تم ۔ ۔ ۔ تم ـــ" آنسوؤں کے طوفان نے اُس کی آواز روک لی۔

اُس کا گلا رُندھ گیا ۔ ۔ ۔ سسکیاں لیتے ہوئے وہ پھوٹ پڑی۔

"اندرا ـــــــ!"

وہ گلوگیر آواز میں بولا ـــــــ

"مجھے معاف کردو اندرا! ـــــــ میں نے تمھیں غلط سمجھا تھا!"

اندرا اُسے اُٹھا کر اُس نے اُسے اپنی چھاتی سے لگالیا ـــــــ پھر لڑکے کی طرف آغوش پھیلا کر کہا۔

"ونود! ـــــــ اِدھر آؤ میرے بچے!"

دوڑ کر ونود نریش کی چھاتی سے چمٹ گیا ـــــــ!

دکن کوئن

دکن کوئن بمبئی پونہ مین لائن پر چلنے والی ایک گاڑی کا نام ہے۔ اور اس کے بارے میں یہ کہا جاتا ہے کہ ہندوستان میں اس سے تیز رفتار گاڑی اور کوئی نہیں۔ یہ ایک سو اُنتیس میل کا سفر صرف تین گھنٹے دس منٹ میں طے کرتی ہے۔ لیکن جس دکن کوئن کا میں ذکر کرنے والا ہوں وہ ریلوے ٹرین نہیں، ایک لڑکی ہے جس کا شرما نے ریلوے اصطلاح میں دکن کوئن نام رکھ دیا ہے۔ دکن کوئن کے علاوہ پنجاب میل، مدراس ایکسپریس، مدراس میل، لوکل اور پسنجر۔ ہم نے سبھی لڑکیوں کے ایسے ہی نام رکھ لئے ہیں۔ پنجاب میل تو ڈیہو روڈ میں رہنے والے ایک ملٹری کپتان کی لڑکی ہے۔ میں اور شرما آجکل کھڑکی کے اسٹیشن پر کام کر رہے ہیں۔ میں یہاں ٹکٹ کلکٹر ہوں اور شرما بکنگ کلرک۔ اس سے پہلے ہم دونوں ڈیہو روڈ میں تھے جہاں پنجاب میل رہتی ہے۔ مدراس ایکسپریس اور مدراس میل بھی ڈیہو روڈ میں رہتی ہیں۔ ہاں یہ تو

بھول گیا کہ ہماری زبان میں ایکسپریس ذرا کم شوخ اور تیز مزاج ہوتی ہے۔ لیکن میل ٹرین تو ایک دم شوخ و طرار۔ اکثر پٹڑی سے بھی اُتر جایا کرتی ہے۔

اِس سلسلے میں ایک دلچسپ واقعہ یاد آگیا۔ جب ہم ڈیہرہ دون میں تھے تو ایک دن شرما دوڑا دوڑا میرے پاس آیا۔ اُس کی سانس پھول رہی تھی۔

کہنے لگا۔

" ارے سُنا تم نے، آج پنجاب میل اور مدراس میل پونہ اسٹیشن پر ٹکرا گئیں۔ پنجاب میل تو بُری طرح سے نیچے گر گئی۔ مدراس میل بھی پٹڑی سے اُتری ہوئی تھی "

پاس ہی ایک جنٹلمین جا رہے تھے۔ کھڑے ہو گئے۔

"کیا کہا صاحب! پنجاب میل اور مدراس میل کی پونہ اسٹیشن پر ٹکر؟ —— ابھی پنجاب میل پونہ آتی ہی کہاں ہے؟"

وہ غور سے ہماری ریلوے کی وردی کی طرف دیکھ رہا تھا۔ میں اور شرما دونوں ہنس پڑے۔ میں نے کہا۔

"نہیں صاحب یہ تو آپس کی بات ہے!"

اور وہ ہماری طرف عجیب نظروں سے دیکھتا ہوا چلا گیا۔

شرما بے حد شریر ہے اور اِن باتوں میں بہت ہی ذہین۔ ایک دن مجھ سے کہنے لگا۔

"مل گیا!"

میں نے پوچھا۔"کیا مل گیا؟"

بولا۔"آج پنجاب میل کا اصلی نام مل گیا۔"

"کیا ہے؟" میں نے دلچسپی کا اظہار کرتے ہوئے کہا۔"کیسے پتہ چلا؟"

"ارے بتاتا ہوں پہلے ایک سگریٹ تو پلاؤ۔"

میں نے ایک سگریٹ خود سُلگایا اور ایک شرما کو دیا۔ سگریٹ کا ایک کش لیتے ہوئے وہ بولا۔

"آج پنجاب میل پاس نکالنے کے لئے آئی تھی۔ میری طرف دیکھ کر رہ رہ کر مسکرا رہی تھی اور جلتے ہو میں نے بھی روپے لیتے وقت جان بوجھ کر اپنی اُنگلیاں اُس کی پھول کی پنکھڑیوں جیسی اُنگلیوں سے مَس کر دیں۔ بس کچھ نہ پوچھو، سارے جسم میں ایک بجلی سی دوڑ گئی۔" شرما نے اپنے دل پر ہاتھ رکھ لیا پھر سگریٹ کا ایک اور کش لے کر بولا" میں نے اُس سے پوچھا، کیا نام ہے آپ کا؟ وہ اپنی مترنم، دل کش، سُریلی، نقرئی اور ـــ اور ـــ"

"اور ڈھول جیسی آواز میں۔" میں نے قہقہہ لگا کر کہا۔ شاعر کیوں بنتے ہو۔ آگے بتاؤ کیا ہوا؟"

"بھئی اُس کی آواز کو ڈھول کی آواز سے تشبیہہ دیتے ہوئے میٹھے پان کا ذائقہ آ رہا تھا اُس وقت!"

"ارے پہلے دیکھو تمھارے پہلو میں دل بھی ہے یا نہیں؟"

"کہاں ہے دل! وہ تو ظالم موہنی نے چُرا لیا۔ موہنی ـــ اوہو، ہو۔ موہنی۔ مَن موہنی ـــ میری مَن موہنی!!!" شرما زور زور سے اپنے دل پر ہاتھ مارنے لگا۔ میں نے ہنستے ہوئے کہا۔

"ارے قیس مت بنو۔ مت بھولو کہ تم جی۔ آئی۔ پی ریلوے کے بکنگ کلرک ہو۔"

"دھت تیرے کی۔ سب مزا کر کرا کر دیا۔" شرما قہقہہ مار کر ہنسا۔ میں بھی ہنس پڑا۔ اس کے تیسرے ہی دن ہمیں اُوپر سے آرڈر آ گیا۔ ہم دونوں کھرڑکی کے اسٹیشن

پر تبدیل کر دیئے گئے۔ یہ ہماری خوش نصیبی تھی کہ ہمیں ایک ہی اسٹیشن پر تبدیل کیا گیا۔ اُسی شام کوڈیہورو ڈ کے سامنے چھوٹی سی پہاڑی کے نیچے سینما کے ریسٹورنٹ میں ہمیں پنجاب میل کاؤنٹر کے پاس کھڑی مل گئی۔ شرما کو جانے کیا ہو گیا۔ زور سے چلایا۔

"موہنی — من موہنی!"

پنجاب میل نے سُنا تو غصّے میں پٹڑی سے نیچے اُتر گئی۔ شرما کے پاس جب آئی تو باپ دادا کا ملٹری خون اُس کے چہرے پر منجمد ہو گیا تھا۔

"کیا بکتے ہو؟"

"کچھ نہیں، کچھ نہیں!" شرما منمنایا۔ ہنی مون، ہنی مون! یہ صاحب ہنی مون کو جا رہے ہیں۔ ابھی شادی ہوئی ہے نا۔ آپ — آپ کیوں۔۔۔" شرما بُری طرح سے گھبرا گیا۔

"ایڈیٹ!"

وہ نخوت سے بڑبڑاتی ہوئی وہاں سے چلی گئی۔ میں ہنس دیا۔ شرما ماتھے سے پسینہ پونچھنے لگا۔

"کیوں بیٹے! عشق کا بھوت تو اُتر گیا ہوگا؟"

شرما ہانپ رہا تھا۔

اِس کے بعد ہم کھڑکی کے اسٹیشن پر آ گئے۔ یہیں آ کر ہم نے دکن کوئین نام رکھا۔ یہ ایک مرہٹی لڑکی ہے اور سچ مچ دکن کوئین ہے۔ ظالم بہت ہی خوبصورت ہے۔ اب تک جتنی لڑکیاں نظروں سے گزری ہیں سبھی میں خوبصورت ہے۔ اُس کے بال بہت لمبے اور دلکش ہیں۔ آنکھوں کی سیاہ پُتلیاں بھی بہت حسین ہیں۔ اُس کی تیز رفتاری اور خوبصورتی کو مدِ نظر رکھتے ہوئے شرما نے اُس کا نام دکن کوئین رکھ دیا ہے۔ وہ ہر روز صبح نو بجے لوناوال وکل سے

پونہ کسی اسکول میں پڑھنے جایا کرتی ہے۔ ایک دن صبح جب وہ گیٹ سے گزرنے لگی تو اُس کا نام معلوم کرنے کی ایک ترکیب سمجھ میں آگئی۔ میں نے اُس سے ٹکٹ پوچھا۔ اُس نے ایک بار رُک کر میری طرف دیکھا۔ پھر بولی۔

"ریلوے پاس ہے۔"

"دکھائیے!"

اُس نے اپنی کتاب سے اپنا ریلوے پاس نکال کر میری طرف بڑھا دیا۔ میں نے نام پڑھا اور چونک پڑا۔ "مسز سُدھا سنزگری"۔ اچھا تو یہ مسز ہیں۔ لیکن ان کی عمر تو ابھی کم ہی ہے۔ شرما کو جب بتایا تو وہ بولا۔

"تیری تقدیر ہی خراب ہے جس دو شالے پر نظر ڈالتا ہے اُسی کو کمبل کر دیتا ہے۔ پھر چند لمحے سوچ کر وہ بولا۔ "بھئی اُس کے چہرے اور شکل و شباہت سے تو پتہ نہیں چلتا۔ ضرور دال میں کچھ کالا ہے۔ اچھا ایک کام کرنا۔ کل جب وہ آئے تو اُس کے گلے میں منگل سُوتر دیکھنا۔"

"منگل سُوتر؟"

"ہاں ہاں منگل سُوتر۔ مرہٹی لڑکیوں کی شادی ہو جانے پر کالا سا یہ موتیوں کا ہار اُن کے گلے میں ضرور ہوتا ہے۔ سونے کے موٹے موٹے منکوں سے بھی بنا ہوتا ہے۔"

اگلے دن جب وہ گیٹ سے گزرنے لگی تو میری نظریں اُس کے سینے سے پھسلتی ہوئی اُس کی گوری گردن پر جا اٹکیں۔ وہ تو ایک دم سپاٹ تھی۔ اچھا تو یہ مسز نہیں۔ گاڑی چلے جانے پر شرما کو بتایا۔ وہ خوشی سے چیخ اُٹھا "بھئی پھر تو پانچوں گھی میں ہیں۔ کل آئے تو بے دیکھے سوچے ہاتھ پکڑ لینا۔"

"ارے کیوں جوتیاں کھلوانے کی سوچ رہے ہو؟"

"تم نِرے بُدھو ہو۔ اُس سے کہنا پاس بدلا ہو لگتا ہے۔ ایک کاغذ پر دستخط لے کر پاس کے پیچھے کیے ہوئے دستخط سے ملا لینا۔"

"نہیں یار، اگر سچ مچ اُس کا نہ ہوا تو؟"

"تم نِرے گدھے ہو۔ اُس کے پاس پاس نہ ہوا تو سمجھ لو کہ وہ تمھارے پاس ہے۔"

دوسرے دن جب وہ آئی تو میں نے پوچھا۔

"آپ کا ٹکٹ؟"

"پاس ہے!" وہ بولی۔

"ہے آپ کے پاس؟ دکھائیں ذرا۔"

اُس نے اپنی کتاب سے وہی پاس نکال کر مجھے دکھایا۔ پھر جب اپنی کتاب میں رکھنے لگی تو میں نے کہا۔ "لائیے میرے ہاتھ میں دیجیے۔" اور پاس لیتے وقت میں نے بھی اپنی اُنگلیاں جان بوجھ کر اُس کی پتلی پتلی اُنگلیوں سے چھُوا دیں۔ سچ مچ ایک بجلی سی دوڑ جاتی ہے۔ میں نے کہا۔ "مجھے شک ہے یہ پاس آپ کا نہیں۔"

اُس کے کان سرخ ہو گئے۔ اُسی وقت گڑگڑاتی ہوئی اکیس نمبر کی لوکل پسنجر آ کر پلیٹ فارم پر کھڑی ہو گئی۔ وہ بولی۔

"پاس میرا ہی ہے۔ میری گاڑی آ گئی ہے۔ مجھے اسکول پہنچنا ہے۔" وہ بُری طرح جھُنجھلا رہی تھی۔

"آپ ذرا گیٹ سے اِدھر ہو جائیں پسنجر آ رہے ہیں۔ یہ پاس آپ کا نہیں، یہ مجھے یقین ہے۔"

"آپ کے پاس اِس کا کیا ثبوت ہے؟"

وہ ذرا غصّے میں بولی۔

"یہ کسی مسز کا پاس ہے، اور آپ مس ہیں" میں نے آنکھیں نچا کر کہا۔ وہ بُری طرح سٹپٹا گئی۔

"آپ کو مذاق کرنے کا کیا حق ہے؟"

"میں مذاق نہیں کر رہا۔ اپنی ڈیوٹی ادا کر رہا ہوں۔ کسی دوسرے کا پاس استعمال کرنا ریلوے کی نظروں میں ایک بڑا جُرم ہے۔ پاس پر بھی لکھا ہے۔ آپ کو جُرمانہ ہوگا۔ اور پاس بھی ضبط۔"

اُس کی گھبراہٹ سے میں لطف اندوز ہو رہا تھا۔ لوکل پسنجر نے بھی سیٹی لگا دی۔ وہ اور بھی گھبرا گئی۔

"اُف! گاڑی نکل جائے گی۔ اچھا آج جانے دیجئے۔ کل نیا پاس بنوا لوں گی۔"

"اچھا تو آپ مان گئیں۔ لیکن مجھے ڈیوٹی ادا کرنی ہے۔" میں مسکرا کر بولا۔

"آج جانے دیجئے۔ کل ضرور بنوا لوں گی۔" اُس کے ماتھے پر بڑی طرح پسینہ آ گیا۔ "میرا پتہ لے لیجئے اگر آپ کو ڈیوٹی ہی ادا کرنی ہے۔ کیر آف میجر سنز گری کھرکی کیمپ۔"

"اچھا تو آپ میجر صاحب کی...."

"میں اُن کی بہن ہوں۔"

"لیکن میں اِس کا یقین کیسے کروں؟ اچھا کوئی بات نہیں۔ آپ کل سے نیا پاس بنوا لیجئے گا۔" مجھے جانے کیوں اُس پر رحم آ گیا۔ وہ شکریہ ادا کر کے پاس لے کر بھاگی۔ اُس کے چڑھتے ہی گاڑی چل پڑی۔

دوسرے دن جب وہ آئی تو اُس کے پاس نیا پاس تھا۔ میں نے جب اُس سے پاس کی نسبت پوچھا تو اپنا پاس اُس نے میری طرف بڑھا دیا۔ "مس شوبھا سنز گری" میں نے ایک بار اُس کی طرف دیکھا۔ "ہوں، ٹھیک ہے!"

جب ٹرین چلی گئی تو شرما بھاگا بھاگا آیا۔

"ایک بہت بڑی خوشخبری لایا ہوں"

"یہی کہ دکن کوئن کا اصلی نام مس شوبھا سنز گری ہے!" میں قہقہہ مار کر ہنس پڑا شرما جھینپ کر رہ گیا۔

پھر چند دنوں تک سونے پن کا احساس ہوتا رہا۔ اب تو اُسے بُلانے کو اُس سے بات کرنے کا کوئی حیلہ نہ تھا۔ اِن ہی دنوں مسٹر نیل کنٹھن چیکنگ ڈیپارٹمنٹ سے ایک ماہ کی چھٹی پر گئے۔ اور اُن کی جگہ پر مجھے کام کرنا پڑا۔ پھر سے زندگی خوش گوار ہو گئی۔ صبح لوناوال لوکل پر میں ہر روز چیکنگ کے لئے جانے لگا۔ شوبھا سیکنڈ کلاس کے ایک مردانہ ڈبے میں بیٹھتی تھی۔ میں ڈبے کو چیک کرنے کے بہانے سے کھڑکی سے سوار ہو کر شواجی نگر تک کا سفر اُس کے ساتھ ہی کرنے لگا۔ پہلے کچھ دن اُس سے پاس نہ پوچھا۔ پھر ایک دن ایسے ہی اس کے پاس آ کر بولا۔

"شوبھا دیوی! آپ کے پاس تو پاس ہے نا؟"

اپنا نام سُن کر وہ چونک پڑی۔ مجھے دیکھ کر بولی۔

"ہے تو، یہ رہا!"

"نہیں نہیں دکھانے کی کوئی ضرورت نہیں۔ مجھے اعتبار ہے"

اور اُس کے سامنے ہی کی سیٹ پر بیٹھ گیا۔

"آپ پونا میں کہاں پڑھتی ہیں ؟" میں نے جھجکتے ہوئے پوچھ ہی لیا۔

"روی وار پیٹھ کے کرسچن اسکول میں۔" وہ ایک بار میری طرف دیکھ کر بولی۔

"اچھا ــ کون سی کلاس ہیں ؟"

"اِس بار میٹرک کا امتحان دینا ہے۔"

پھر خاموشی رہی۔ گاڑی تیزی سے بھاگی جا رہی تھی۔ میں سوچ رہا تھا، شواجی نگر کا یہ سات منٹ کا راستہ سات گھنٹے کا ہو جائے۔ پھر یکایک سلسلۂ کلام جاری رکھنے کے لئے ایک بات ذہن میں آگئی۔

"اُس دن وہ پاس کس کا تھا ؟"

"میری بھابی کا تھا۔ سلائی کے ایک اسکول میں وہ پونہ جایا کرتی تھیں۔ اب نہیں جاتیں۔ میرا پاس ختم ہوا تو کہنے لگیں یہی تم لے جایا کرو ــ لیکن ۔ ۔ ۔ ۔"

"ہاں شو بھا دیوی ! دراصل یہ جُرم ہے۔"

"لیکن آپ نے کیسے جانا کہ وہ پاس میرا نہیں ؟" وہ کچھ کھلتے ہوئے بولی۔

میں ہنس پڑا۔

"یہ ہمارے لئے کون سی مشکل بات ہے۔ پاس میں مسز لکھا تھا اور آپ کے گلے میں منگل سُوتر کہاں ہے ؟" میں نے اُس کی گردن کی طرف دیکھتے ہوئے کہا۔

"اوہ ــ !"

وہ ہنس پڑی۔ شواجی نگر آگیا۔ اور میں اُتر پڑا۔ پلیٹ فارم پر آکر دیکھا۔ وہ عجیب سی نگاہوں سے میری طرف دیکھ رہی تھی۔ میں پھر کھڑکی کے پاس آگیا۔

"آپ کس ٹرین سے واپس جاتی ہیں ؟"

"چار دس کی لونا والی لوکل ہے۔ کیوں کیا پھر تاک میں ہیں؟ اُس پاس کے ساتھ پھر مجھے پکڑیں؟"

وہ ہنس پڑی۔

"جی ہاں" میں بھی ہنس دیا۔ اور گاڑی اسٹیشن سے سرکنے لگی۔ میں نے دَوڑ کر دُوسرا ڈبہ پکڑ لیا۔

چند روز تک اُس سے ہر روز ملاقات ہوتی رہی لیکن مسٹر نیل کنٹھن کے چھٹی سے واپس آ جانے پر مجھے پھر اپنی جگہ واپس آنا پڑا۔ لیکن اب ہر روز جب وہ گیٹ سے گزرتی تو مسکراتی ہوئی نظروں سے دیکھ کر مجھے نمستے کہہ جاتی۔

پندرہ اگست کے دن میں اور شرما جشنِ آزادی دیکھنے کے لئے پونہ چلے گئے۔ دوپہر کو تھک ہار کر یہ پروگرام بنا کہ فلیٹیز میں چل کر دوپہر کی چائے پی جائے۔ فلیٹیز ہوٹل میں آج اسپیشل پروگرام تھا۔ تمام ہوٹل کو دُلہن کی طرح سجایا گیا تھا۔ رات کو دیپ مالا کے لئے برقی قمقمے فٹ کئے جا رہے تھے۔

ہم ایک کونے میں بیٹھ گئے۔

میں چائے کی چُسکی لے رہا تھا جب شرما نے مجھے جھنجھوڑ دیا۔

"ارے تیری دکن کوئن۔ دیکھ آج تو سچ مچ کوئن بنی ہوئی ہے۔"

میں نے سر موڑ کر دروازے کی طرف دیکھا۔ شوبھا فیروزی رنگ کی سنگادری ساڑی میں بے حد حسین معلوم ہو رہی تھی۔ ابھی آگے کچھ سوچ بھی نہ پایا تھا کہ شرما جلدی سے چلا یا۔

"شوبھا۔۔۔ شو۔۔۔ کہ۔۔۔ آ۔۔۔ شبھ آ۔۔۔"

شوبھا نے ایک بار تیز نظروں سے شرما کی طرف دیکھا اور جلدی سے ہماری طرف آگئی۔

شرما نے اُسے اپنی طرف آتے دیکھ کر رُخ بدلتے ہوئے کہا۔

"شُبھ دن — شُبھ دن — آزادی کا شُبھ دن!"

اتنے میں وہ بھی اُس کے نزدیک آچکی تھی۔

"تمھیں شرم نہیں آتی؟"

"کیا مطلب؟" شرما نے ماتھے سے پسینہ پونچھنے کے لیے رُومال نکالا۔ میں بیچ ہی میں بول اُٹھا۔

"شوبھا دیوی کیا ہوا؟"

"اوہ آپ؟! کہیے آپ یہاں کیسے؟" مجھے دیکھ کر اُس کے ماتھے کی تیوریاں مٹ گئیں۔ اور وہ مسکرانے لگی۔

"جیسے آپ ویسے ہم۔ ہم سے میرا مطلب میں اور مسٹر شرما سے ہے۔ یہ مسٹر شرما ہیں میرے ساتھی۔ کھرڑ کی اسٹیشن پر بکنگ کلرک ہیں۔"

وہ شرما کی طرف دُزدیدہ نگاہوں سے دیکھ کر بولی۔ آپ کے یہ ساتھی بڑے بدتمیز معلوم۔۔۔"

میں نے بھی مسکرا کر شرما کی طرف دیکھا۔ شرما ماتھے سے پسینہ پونچھ رہا تھا۔ میں بولا۔

"دراصل یہ بڑے پُرمذاق آدمی ہیں۔ یہ دوسری بات ہے کبھی کبھی خود ہی مذاق۔۔۔" اور اُس کی ہنسی ہی میں میری بات دب کر رہ گئی۔ مجھے بھی اُس کی ہنسی کا ساتھ دینا پڑا ———!

شرما چڑ گیا۔ اور غصے سے بھرا چلا گیا۔

اگلے دن جب وہ ملا تو ابھی تک اُس کی تیوریاں چڑھی ہوئی تھیں میرے بلانے پر بھی اُس نے سیدھے منھ بات نہ کی۔

میں نے پوچھا۔

"کیا بات ہے؟"

میری طرف عجیب غصہ بھری نگاہوں سے دیکھ کر بولا۔

"یہ چھپ چھپ کر راہ و رسم بھی بڑھا لی۔ اور مجھ سے کہا تک نہیں۔"

"بھئی اِس میں کہنے کی بات بھی کیا ہے۔ میرے پاس سے تو وہ ہر روز ہی گزرتی ہے۔ اسی لئے جانتی ہے۔"

"اور کل جو اُس کے سامنے میرا مذاق...."

"تم تو خواہ مخواہ ناراض ہو رہے ہو۔ دراصل وہ بہت ہی پُر مذاق...."

میں ہنس پڑا۔

وہ اور بھی چڑ گیا۔ "رہنے دو یہ صفائی کسی اور وقت کام آئے گی۔" اور منھ پھلائے عجیب نگاہوں سے مجھے دیکھتا ہوا وہاں سے چلا گیا۔ میں اُس وقت بھی ہنستا رہا۔ لیکن اگلے دن یہ مذاق نازک اور سنجیدہ صورت اختیار کر گیا۔ اُس دن میری ڈیوٹی چار بجے شام سے شروع ہوئی تھی۔ وہ اسکول سے لوٹی تو سیدھی میرے پاس آ کر رُکی۔

"مجھے آپ سے کچھ کہنا ہے۔"

اُس کا چہرہ غیر معمولی طور پر سنجیدہ تھا۔

"کیا ہوا ؟"

میں اُس کی سنجیدگی سے گھبرا گیا۔

"ایک منٹ کے لئے میں آپ سے بات کرنا چاہتی ہوں !"

میں نے پاس ہی کھڑے ہوئے تیواڑی کو آواز دی۔ اور اپنی جگہ اُسے کھڑا کر کے گیٹ سے آگے شیشم کے درخت کے نیچے آگیا۔

"ہاں کہئے !"

وہ منھ سے کچھ نہ بولی۔ اپنی ایک کتاب سے ایک لفافہ نکال کر اُس نے میری طرف بڑھا دیا۔ میں نے لفافہ اُس کے ہاتھ سے لے کر پڑھا۔ اُس پر اُس کا پتہ اُس کے بھائی کی معرفت لکھا ہوا تھا۔ میں خط کھول کر پڑھنے لگا۔

کھڑکی ریلوے اسٹیشن

۷ / اگست ....

شوبھا پیاری !

بہت دنوں سے چاہ رہا تھا کہ تمھیں ایک خط لکھ کر اپنے دل کی حالت سے آگاہ کر دوں۔ پرسوں کے واقعے سے میرا دل اور بھی گھل گیا ہے۔ اِسی لئے اپنے خیال کو عملی جامہ پہنانے کی جرأت کر رہا ہوں۔ اور خط کی صورت میں دامنِ قرطاس پر اپنا دل بکھیر رہا ہوں۔ میں نے جس دن سے تمھیں دیکھا ہے، تمھیں چاہنے لگا ہوں۔ میری راتوں کی نیند حرام ہو گئی ہے۔ اپنے درد کا علاج میں نہیں جانتا۔ شاید تم ہی اِس کا مداوا ہو۔ جانے تمھارے

دل میں کیا ہے؟ مجھے اِس بات کی کوئی پروا نہیں کہ اِس
خط کا تم پر کیا اثر ہوگا۔ میں کسی بھی بُرے نتیجے کے لئے تیار
ہوں۔ تمھارے دل میں جو آئے کرنا تمھیں اختیار ہے۔۔

تمھارا......

میرا رنگ کانوں تک سُرخ ہوگیا۔ میں منمنا اُٹھا۔

"میں... میں... میں نے یہ خط... میں نے نہیں لکھا"

"تو پھر کس نے لکھا ہے؟" اُس کے چہرے پر غصّے کے کوئی آثار نہ تھے۔

"میں وثوق سے نہیں کہہ سکتا۔ شاید شرما کی شرارت ہو۔ اُس نے اپنے ہاتھوں سے خود تو نہیں لکھا کسی اور سے لکھوایا ہوگا تو میں کہہ نہیں سکتا۔"

"اوہ! میں نے سمجھا، شاید...." اُس کے چہرے سے اُس کے دل کے جذبات میں نہ سمجھ پایا۔ خود جذباتی لہجے میں بولا۔

"شوبھا دیوی! آپ سوچئے۔ بھلا میں آپ کو ایسا خط کیسے لکھ سکتا ہوں۔ آپ... آپ میجر صاحب کی بہن، اور میں.... میں ریلوے کا ایک معمولی سا نوکر۔ آپ کہاں اور میں کہاں؟"

میرا سر جھک گیا۔ اچانک اُسے غصہ آگیا۔

"یہ شرما آخر کیوں میرے پیچھے پڑا ہے۔ اِسے کل ہی ٹھیک کروا دوں گی۔"

"نہیں شوبھا دیوی! شرما پر صرف شک ہی ہے۔ ویسے اگر اُس نے ایسا کیا بھی ہو تو اُسے معاف کر دینا ہی اُس کے لئے بہت بڑی سزا ہوگی۔ وہ بے وقوف قسم کا انسان ہے۔ آپ کچھ بھی کہیں گی تو بے چارے کی نوکری... میں آپ سے درخواست کرتا ہوں۔"

اُس نے کچھ نہ کہا۔ اور چلی گئی۔ میں سوچتا ہی رہ گیا۔ مذاق ہی مذاق میں کیا سے کیا ہو گیا۔ شرما ایسا ہوگا، میں نے کبھی خواب میں بھی نہ سوچا تھا۔ ڈیوٹی پر آ کر بھی میں اُلجھنوں کے تانے بانے میں پھنسا رہا۔ کام پر جی نہ لگ سکا۔

آدھی رات کے وقت میں گیٹ پر کھڑا جب اِسی کے متعلق سوچ رہا تھا، ایک کار پاس ہی کے درخت کے نیچے آ کھڑی ہوئی۔ خیالوں میں اُلجھا ہونے کے باعث اُدھر دیکھتے ہوئے بھی کچھ دھیان نہ دے سکا۔ کار کا دروازہ کھُلا اور پھر بند ہو گیا۔ ایک لمحہ بعد کسی نے مجھے پُکارا۔ میں چونک اُٹھا۔ درخت کے سائے میں آنکھیں پھاڑ کر دیکھا۔ ایک آنچل جو تاریکی میں سیاہ نظر آتا تھا ہوا سے لہرا رہا تھا میرے تمام جسم میں کپکپی سی دوڑ گئی۔

"کون ــــ؟" عجیب سی آواز میں میں بول اُٹھا۔

"میں ہوں شوبھا" آواز بے حد بھاری اور سنجیدہ تھی۔

"شوبھا دیوی! آپ اِس وقت؟ کیا بات ہے؟" میں اُس کے قریب آ گیا۔

"میں اِس وقت تک سو نہ سکی تھی۔ آپ سے پھر وہی بات پُوچھنے آئی ہوں۔ وہ خط سچ مچ آپ نے نہیں لکھا؟"

تاریکی تھی پھر بھی میں نے اُس کی آنکھیں دیکھ لیں۔

"آپ یقین مانیے شوبھا دیوی۔ میں ایسی جرأت نہیں کر سکتا۔"

"کاش... کاش... یہ جرأت.... یہ جرأت آپ نے کی ہوتی۔" وہ نڈھال ہو کر گرنے لگی میں نے جلدی سے آگے بڑھ کر اُسے تھام لیا!

وہ دونوں

وہ دونوں بازاروں، سڑکوں، گلیوں، الیکٹرک ٹرینوں اور اُن کے اسٹیشنوں کے باہر گاتے ہوئے ملتے۔ اُن کی آواز میں سُریلا پن بھرا ہوا تھا۔ جب وہ گاتے تو عجب سماں بندھ جاتا۔ سڑکوں اور بازاروں میں چلتے ہوئے لوگ رُک جاتے۔ اور اُن کے گرد ایک بڑا مجمع لگ جاتا۔ وہ ایک کے بعد دوسرا اور دوسرے کے بعد تیسرا فلمی گیت سُنا کر مسحور کر لیتے۔ اور لوگ بھی مجبور ہو جاتے۔ گانے کے آخر میں کوئی ایک پیسہ، کوئی ادھنی اور کوئی آنہ یا دونی بھی دے دیتا۔

اُن دونوں کی ابھی عمر کیا تھی۔ مینا سولہ سال کا تھا۔ وہ گلے میں پیٹی لٹکاتا تھا۔ اُس کا چہرہ گرد آلود اور بال بکھرے ہوئے ہوتے۔ آنکھوں کے کونوں میں گدلا پن ہر وقت جھلکتا رہتا۔ وہ ایک پھٹی سی قمیص پر ایک گندہ سا کوٹ پہنتا تھا۔ اُس کے دانت آپس

میں بُری طرح سے جُٹے ہوئے تھے۔ اِسی لئے خوبصورت تو لگتے تھے۔ لیکن اُن پر تمباکو کے رنگ کی ایک گہری تہہ جمی رہتی۔ جیسے اُن کی خوبصورتی کو نظرِ بد سے بچانے کے لئے تمباکو کا رنگ چڑھا دیا گیا ہو۔ نکا عمر میں اُس سے بھی چھوٹا تھا۔ وہ ابھی بارہ برس کا تھا۔ اُس کے ہاتھ میں ایک چھوٹا سا گھی کا پُرانا خالی ٹین ہوتا۔ جب وہ بینی کے سُروں کے ساتھ ساتھ لے ، ایک سرُود کے ساتھ بجاتا۔ ٹوٹے ہوئے اِس ٹین کے پیندے سے بینی سے نکلی ہوئی سُروں میں جیسے جان پڑ جاتی۔ دونوں زور زور سے سر ہلاتے۔ اور ایک ہی وقت میں اُن کی مہین اور سُریلی آواز سُروں کے ساتھ مِل کر فضا میں بکھر جاتی۔ اُس وقت یوں محسوس ہوتا جیسے فضا میں تال سے گھنگھرو بج اُٹھے ہیں۔ لوگ ان دونوں کی طرف ایک حیرت سے دیکھتے۔ اور اُن کی میٹھی آواز میں کھو کر رہ جاتے۔

وہ دونوں لاوارث تھے۔ اور بھنڈی بازار کے پرے فقیروں کے ایک محلّے میں رہتے تھے۔ وہاں اُن کی جھونپڑی وغیرہ کچھ نہ تھی۔ اندھے ابراہیم نے اُنھیں اپنی جھونپڑی میں رات کاٹنے کی اجازت دے دی تھی۔ ابراہیم ہی نے مینا کو بینی بجانی سکھائی تھی۔ اِسی لئے اپنے ساتھ ساتھ یہ دونوں بچے ابراہیم کا بھی پیٹ پالتے تھے۔ اِسی لئے ابراہیم کی یہ جھونپڑی ایک طرح سے اُن کا اپنا ہی گھر بن گئی تھی۔ دونوں کو ابراہیم سے بے حد محبت تھی۔ مینا نے جھونپڑی میں بیٹھ کر سگریٹ پینا بند کر دیا تھا۔ کیونکہ ابراہیم کو بیڑی کی بُو فوراً ہی معلوم ہو جاتی۔ اور وہ پُوچھنے لگتا۔

”کون ہے؟ مینا یہ بیڑی کون پی رہا ہے؟“

مینا بیڑی کو زمین پر مسل کر بول اُٹھتا ”چچا! یہاں بیڑی تو کوئی بھی نہیں پی رہا۔ باہر فضلا بیٹھا چلم پی رہا ہے!“

نکا بھی میناکی دیکھا دیکھی اُس کی آدھی پی ہوئی بیڑیاں اُٹھا کر پینے لگا تھا۔ میناجب اُسے دیکھتا تو سمجھانے لگتا۔

"دیکھ بے، تو مت پیا کر!"

نکا میناکی طرف دیکھ کر کہتا۔

"تو کیوں پیتا ہے؟"

"میں تو اب بڑا ہو گیا ہوں" میناکی چھاتی فخر سے تن جاتی۔

"اور بھلا میں اب چھوٹا ہوں، دیکھ کتنا بڑا ہو گیا ہوں۔ تمھارے کندھوں سے میرا سر اُوپر ہو چلا ہے۔"

نکا اپنی بیڑیاں اُٹھا لیتا۔

مینا مسکرا دیتا۔ ایک دانشمندانہ اور بزرگانہ مسکراہٹ سے "نہیں نکے۔ میں تمھیں بیڑیاں نہیں پینے دوں گا۔"

اور نکا اُس کی طرف حیرانگی سے دیکھنے لگتا۔

ایک دن مینا نکے سے بولا۔

"دیکھ نکے! اب اپنا خرچ کم کر دینا ہے۔ ہم یہ جو ہر روز سینما کی عادت ڈال رہے ہیں یہ بُری ہے۔ چچا اُس دن پوچھ رہا تھا کہ تم اتنی رات باہر کہاں رہتے ہو؟"

"اچھا!" نکا میناکی طرف دیکھنے لگا۔

مینا پھر بولا "اب صبح جلدی ہی پیٹی بجانا شروع کر دیا کریں گے۔ اور شام گئے تک بجاتے رہا کریں گے!"

"تمھیں تو بیٹھ کر چار مینار پینے لگتے ہو۔ نہیں تو ہم صبح ہی صبح نکل آئیں۔ اور دیکھو میں چاچا سے سب کہہ دوں گا، تم پہلے بیڑیاں پیتے تھے، اب چار مینار پیتے ہو۔ اور۔۔ اور مجھے بالکل نہیں پینے دیتے!"

"ارے کیا کہتے ہو۔ نہیں نکا میں تمھیں کب روکتا ہوں۔ لیکن دیکھو، اچھی بات نہیں دیکھو بھلا کیا میں چچا کے سامنے پیتا ہوں؟"

نکا ابھی تک روٹھا ہوا تھا۔ بولا۔

"تو میں بھی چچا کے سامنے نہ آیا کروں گا۔"

"اوہو۔۔۔!" مینا جھنجھلا گیا۔ پھر اُس نے ایک ترکیب سوچ نکالی۔ "ارے دیکھو اب محنت کریں گے۔ پیسہ جوڑیں گے۔ پھر ایک سال کے بعد ہم نئی پیٹی لیں گے۔ تمھارا یہ ٹین کا پیپا بھی پھینک دیں گے۔ اور اس کی جگہ تم سانسی کی تھالی لے لینا۔ ہم دونوں بڑے ٹھاٹھ سے گایا کریں گے۔ جانتے ہو پھر تمھیں نکا کوئی نہیں کہا کرے گا۔ تم بابو نکا رام بن جاؤ گے میں بھی محمد امین ہوں گا۔ جانتے ہو اُس دن چچی بھی مجھے محمد امین کہہ کر بلانے لگے تھے۔ میری خوشی کی انتہا نہ رہی تھی۔ تمھیں بھی سبھی نکا رام کہہ کر بلایا کریں گے۔"

نکا خوشی سے پھول گیا۔ اُس آنکھیں جو چند لمحہ روٹھ کر غصہ سے بھر گئی تھیں، خوشی سے چمک اُٹھیں۔

مینا نے پھر کہا۔ "اچھا، بھلا نکا رام جی! اچھا یہ تو کہو، بھلا تھیٹر کی نوکری ہمارے لیے اچھی رہے گی۔ دو تین سال بعد جب میں محمد امین ہوں گا اور تم نکا رام، تو تم جانتے ہو ہمیں تھیٹر میں بڑی آسانی سے نوکری مل جائے گی۔"

"سچ؟" نکا خوشی سے چیخ اُٹھا۔

"ہاں بالکل سچ... لیکن.... لیکن..."

"کیا لیکن ؟"

"دیکھو چچا کو نہ کہنا — چچا کو نہ کہنا کہ میں....."

"ارے میں کب کہتا ہوں۔ اچھا کیا ہمیں تھیٹر سے تنخواہ ملا کرے گی ؟"

"ہاں ہمیں تنخواہ ہی ملے گی"

"کتنی ؟" اشتیاق سے نکے نے پوچھا۔

"یہی کوئی پندرہ روپے مجھے اور دس روپے تمھیں۔"

نکے کے ماتھے پر تیوریاں پیدا ہو گئیں۔

"اگر مجھے دس روپے ملا کرے گی تو میں چچا کو تمھارے سگریٹ پینے کے بارے میں سبھی کچھ بتا دوں گا۔"

"ارے ارے بھلا ایسا کبھی ہوگا۔ جانتے ہو ہم دونوں کے بیس پر پانچ روپے ہو جایا کریں گے۔ دونوں عیش سے موٹے حلوائی سے کھانا کھایا کریں گے۔ حرامخور اب تو دو پیسے کی ایک ہی روٹی دیتا ہے۔ اگر اس وقت ایک آنے میں تین نہ لیں تو مینا نہ کہنا۔ نہیں تمھارا مینا نہ کہنا۔"

"اور میں نکا رام، موٹے حلوائی کی ٹیڑھی ناک سیدھی کر دوں گا۔ سالا گاندھی ٹوپی پہن کر ہر ایک سے پیسے بٹورتا رہتا ہے۔ اس دن میں اس کی ہٹی میں اتنے پیسے دیکھ رہا تھا مجھ سے بگڑ کر کہنے لگا۔ بھاگ رے لونڈے! سالے کو بتا دوں گا۔ وہ نکا رام کو کیا سمجھتا ہے ؟"

اب سامنے جھونپڑی آگئی۔ مینا نے ایک بار نکے کی طرف دیکھا۔ اور بولا "ارے

اُس لُچے کو میں بھی ٹھیک کر دوں گا۔ لیکن دیکھو چچا سے کچھ نہ کہنا۔"

اُس دن ابراہیم نے اُن سے کہا۔

"دیکھ رے بیٹے! اب زیادہ دیر باہر مت رہا کرو۔ جانتے ہو آجکل باہر فساد ہو رہے ہیں۔ اور دیکھو ہندو محلوں کی طرف مت جانا۔"

نکے نے ایک بار مینا کی طرف آنکھوں میں ایک سوال لئے ہوئے دیکھا۔ ابراہیم پھر بولا۔

"نکا کدھر ہے؟"

"یہاں ہوں چچا!" نکا مُردہ سی آواز میں بولا۔

"دیکھ رے نکے تُو اب یہاں نہ آیا کر۔ اُدھر ہی کہیں ہندو محلے کی طرف پڑا رہا کر۔ کل رات یہاں بھی دنگا ہو گیا تھا۔"

نکے نے رونی سی صورت بنالی اور کہا۔ "میرا وہاں کون ہے چچا؟" پھر وہ مینا کی طرف دیکھنے لگا۔ مینا بھی اُداس ہو گیا تھا۔

ابراہیم بولا۔ "ارے چند دنوں ہی کی تو بات ہے۔ فضا ٹھیک ہو جانے پر پھر یہاں آ جانا۔"

"تو چچا میں نکے کے ساتھ ہی رہوں گا۔ حالات ٹھیک ہوتے ہی ہم واپس آجائیں گے۔"

"لیکن تو اُدھر کیسے جا سکتا ہے۔ ہندو محلوں کی طرف بھی خطرہ ہے!"

اندھے کی باتوں سے دونوں پریشان نظروں سے ایک دوسرے کو دیکھنے لگے۔

پھر اُداس اُداس جھونپڑے سے باہر آ گئے۔

نکّا بولا۔ "مینا! میں ہندو ہوں کیا؟"

"ہاں تیرا نام جو نکّا رام ہے۔ ایسے نام تو ہندوؤں ہی کے ہوتے ہیں!"

"اور تُو؟"

"میں تو محمد امین ہوں مسلمان ہی ہوں۔"

نکّا اُس کی طرف دیکھنے لگا۔ "لیکن تُو مجھے مسلمان نہیں لگتا۔ بابا بھی مجھے مسلمان نہیں لگنے۔ بھلا مسلمانوں کو ہندوؤں سے اور ہندوؤں کو مسلمانوں سے ڈر کیوں لگتا ہے؟"

"کیا معلوم، چچا کہتے ہیں کہ آجکل کے دنوں میں ہندوؤں سے مسلمانوں کو اور مسلمانوں سے ہندوؤں کو ڈرنا ہی چاہیے۔ اور دُور دُور ہی رہنا چاہیے۔ یہ ایک دوسرے کو جان سے مار دیتے ہیں۔ چھُری مارتے ہیں۔"

"اچھا مینا اگر میں ہندو ہوں اور تُو مسلمان ہے، تو ہم کیوں نہیں ایک دوسرے کو مار دیتے؟"

نکّے تُو تو مجھے ہندو نہیں لگتا۔"

مینا بولا۔

"تُو خود ہی تو کہتا ہے کہ میرے جیسے نام ہندوؤں کے ہوتے ہیں!" نکّے کہنے لگا

"وہ تو چاچا ہی کہتا ہے۔"

"اچھا اگر میں اپنا نام محمد امین رکھ لوں تو؟"

"نہیں نکّا رام نام بدلنے سے تھوڑا کچھ ہوتا ہے۔ تم تو ہندو ہی رہو گے۔"

"کیوں؟" نکّا کی آنکھیں مجسم سوال بن گئیں۔

" مجھے پتہ نہیں " مینا کی سمجھ کام نہیں کر رہی تھی۔

" تو مینا میں چلا جاؤں گا۔"

" کہاں ؟ "

" کہیں بھی ۔ ہندو جو ہوں ۔ تم مسلمان ہونا۔"

" نہیں میں تمھیں جانے نہیں دوں گا ۔ تمھارے بغیر تو میں ایک پل بھی نہ رہ سکوں گا ۔ رات سو نہ سکوں گا۔"

" تو کیا تم سمجھتے ہو کہ میں سو جاؤں گا ؟ اور مینا ، پھر میں الگ ہو جاؤں گا تو وہ تھیٹر کی نوکری ۔ وہ بیس پر پانچ اور مولا حلوائی ـــ ؟ "

مینا کا چہرہ بھی اُتر گیا ۔ اپنی اداس آنکھیں اس نے نکے کی آنکھوں میں ڈال دیں ۔ پھر بولا ۔

" نہیں نکے تو مجھے چھوڑ کر نہیں جائے گا ۔ دیکھوں گا کون سالا تجھے ہاتھ لگاتا ہے اگر تو ڈرتا ہے تو چل میں تیرے ساتھ ہی چلوں گا ۔ ہم کہیں ایسی جگہ چل کر سو رہیں گے جہاں ہندو اور مسلمان نہ ہوں۔"

لیکن نکا نڈر ہو گیا ۔ ارے میں کدھر جاؤں گا ۔ تمھارے پاس ہی رہوں گا۔"

بمبئی کی فضا اور بھی مکدر ہو گئی ۔ فساد زوروں سے ہونے لگا ۔ ہندو مسلمانوں پر اور مسلمان ہندوؤں پر پل پڑے ۔ ایک دوسرے کی گردن پر چھری چلا کر وہ ایک دوسرے کی تعداد گنتے رہے ۔ مینا اور نکے کی میٹی اور پیپا ان دنوں بھی بجتا رہا ۔ ہندو اور مسلمان دونوں ہی سنتے رہے ۔ آج کل وہ فلمی گانے چھوڑ کر اقبال کی نظم "سارے جہاں سے اچھا ہندوستاں ہمارا۔" گانے لگے تھے ۔ جانے انھیں یہ کس نے سکھا دی تھی ۔ اس طرح

وہ ہر محلے، ہر سڑک اور ہر راستے پر جا کر یہ گیت لوگوں کو سنانے لگے۔

مذہب نہیں سکھاتا آپس میں بیر رکھنا
ہندی ہیں ہم وطن ہے ہندوستاں ہمارا

اُس دن فضا میں دھند تھی۔ مینا کا دل پیٹی بجانے میں نہیں لگ رہا تھا۔ نکے کے ہاتھ بھی پیپے پر سست سست پڑ رہے تھے۔ دونوں کی آواز آج کی فضا کی طرح گھٹی گھٹی اور اُداس تھی۔ مینا نے نکے سے کہا "جانے آج دل نہیں لگ رہا۔"

"سو ہی حال میرا ہے۔"

"چلو آج واپس چلیں!" اور وہ واپس چل دیئے۔ ابراہیم نے بتایا کہ "آج نکے کو فوراً یہاں سے چلے جانا چاہیے۔ حالت اور بھی بگڑ گئی ہے۔ اور اُس کا یہاں رہنا اچھا نہیں۔" مینا نے کوئی جواب نہ دیا۔ وہ باہر چلا آیا۔ نکا بھی اُس کے ساتھ ہی باہر آ گیا۔ آج خلافِ معمول مینا کی آنکھوں میں پانی آ گیا۔ نکے نے مینا کو روتا دیکھ کر رندھے ہوئے گلے سے کہا۔ "روتے ہو مینا! میں تمھیں چھوڑ کر کہاں جا رہا ہوں؟"

اور اُس رات مینا کے پہلو میں ایک معصوم چیخ بلند ہوئی۔ اور پھر تڑپ کر کوئی جاندار شے خاموش ہو گئی۔ نکا ہمیشہ ہمیشہ کے لئے مینا کو چھوڑ کر چلا گیا۔ صبح جب وہ اُٹھا تو نکے کی لاش کو خون میں لت پت پایا۔ وہ چیخ مار کر رہ گیا "نکے ___ نکے ___ نکا رام! نکا رام!!" اور فرطِ غم سے وہ بے ہوش ہو گیا۔

جب اُسے ہوش آیا تو اُس نے اپنی پیٹی جلا ڈالی۔ اور نکے والے ٹین سے اپنے آپ کو زخمی کر لیا۔

وہ رات کے وقت ہندوؤں کے محلے کی طرف بھاگ گیا۔ اور تمام رات

چیختا رہا —

" میں مسلمان ہوں۔ ہندوؤ! مجھے مار ڈالو! میں مسلمان ہوں۔ میں مینا ہوں۔ میں محمد امین ہوں! مجھے مار ڈالو۔ بگلو! میں مسلمان ہوں!!"

صبح اُس کا سرد جسم گندی موری میں اکڑا پڑا تھا۔ اُس کے ہاتھ میں اب بھی نکتے والا ٹین تھا۔ جس پر خون کے چھینٹے چمک رہے تھے۔

آج کی بات

میں نے اُس پر ایک افسانہ لکھ دیا۔ اور وہ ناراض ہو گئی۔

"دیکھئے آپ نے یہ اچھا نہیں کیا۔"

"کیا ؟"

میں نفسیات کی ایک کتاب پڑھ رہا تھا۔ اُس کی آواز سُن کر چونک پڑا۔ اُس کے ہاتھ میں وہی پرچہ تھا جس میں وہ کہانی چھپی تھی۔

"یہ کہانی آپ نے لکھی ہے نا ؟"

اُس کی آنکھیں مجسّم سوال تھیں۔

میں مسکرا دیا ——

"جی ہاں! نام سے تو میرے ہی چھپی ہے۔"

اُس کی آنکھوں میں غصہ تھا۔ میری مسکراہٹ نے شاید جلتی پر تیل کا کام کیا۔ اپنے لہجے کو بھی درشت کرتے ہوئے وہ بولی۔

"آپ کو ایسا افسانہ لکھنے کا کیا حق تھا؟"

"حق؟" میں نے زور دے کر کہا۔ "میں آپ کا مطلب نہیں سمجھا۔"

وہ چڑ گئی اور میں دبے انداز سے مسکرانے لگا۔

"آپ نے ایسا افسانہ کیوں لکھا؟"

اُس کا رنگ کانوں تک سُرخ ہو گیا۔

"افسانہ کیوں لکھا؟" میں نے اُس کی بات دُہراتے ہوئے کہا۔ "افسانہ کیوں لکھا جاتا ہے، کیا آپ کو معلوم نہیں؟ افسانہ اِس لئے لکھا جاتا ہے کہ کچھ تو لکھنا ہی ہوتا ہے۔ لیکن آپ کچھ خفا نظر آرہی ہیں۔ بات کیا ہے؟" میں نے بن کر کہا۔ لیکن ہزار چاہنے پر بھی میں اپنی مسکراہٹ ضبط نہ کر سکا۔

وہ جل گئی۔

"آپ ..... آپ ....."

اور قہر آلود نگاہوں سے دیکھتے ہوئے چلی گئی۔ میں اُس کی نسبت بہت دیر تک سوچتا رہا۔ مجھے اُسی دن اِس بات کا خیال آیا تھا کہ وہ ناراض ہو جائے گی۔ جس دن میں نے اُس پر یہ افسانہ لکھا تھا لیکن میں مجبور تھا۔ حالات نے مجھے مجبور کر دیا۔ حالات ہی نے نہیں اُس کی باتوں نے۔ بیباک آنکھوں نے۔ خود اُس نے مجھے مجبور کر دیا۔ میرے احساس میں اُس کی اداؤں نے آکر کہا۔

'مجھ پر ایک افسانہ لکھو۔ مجھ پر ایک کہانی لکھو۔'

اور میں نے وہ کہانی لکھ دی۔ میں جانتا تھا کہ وہ اِس افسانے کو پڑھے گی تو ناراض ہو جائے گی۔ مجھے بُرا بھلا کہے گی لیکن، میری مجبوری۔

ہوا یوں کہ شروع شروع میں جب اُسے یہ معلوم ہوا کہ میں ایک افسانہ نویس ہوں تو وہ مجھ سے وہ پرچے مانگنے آئی جن میں میری کہانیاں چھپتی تھیں۔ میں اُس دن بے حد حیران ہوا تھا۔

"آپ کیا اُردو جانتی ہیں ؟"

میں نے حیرت سے اُسے دیکھتے ہوئے پوچھا۔ کیونکہ وہ مہاراشٹر کے ایک برہمن خاندان کی لڑکی تھی۔ وہ مسکرادی۔

"جی ہاں !" سامنے میز پر رکھے ہوئے میرے تازہ افسانے پر اُنگلی رکھتے ہوئے وہ بولی۔ "یہ لکھا ہے ـــ سیلاب !"

میں نے ایک بار افسانے کی طرف دیکھا۔ اور پھر اُس کی طرف جو میرے سامنے کہانی بنی کھڑی تھی۔ میں نے اُسے وہ سب پرچے دیئے جن میں میرے افسانے چھپے تھے۔ اِس کے ایک ہفتہ بعد وہ اُن پرچوں کو لے کر آگئی۔

"یہ لیجیے، میں نے سب پڑھ لئے ہیں۔"

میرے ہاتھ میں اِس وقت فونٹن پین تھا۔ اور میں ایک بہت ہی اچھا پلاٹ سوچ کر بیٹھا تھا۔ وہ میرے سامنے آگئی تو خیالات منتشر ہو گئے۔ پین کو اُلٹا پکڑ کر میں میز پر آہستہ آہستہ بجاتے ہوئے سوچنے لگا۔ میں نے اِن افسانوں کو سالہا سال کی محنت کے بعد لکھا تھا اور یہ ـــ یہ ایک ہی ہفتہ میں پڑھ کر واپس لے آئی ہے۔

"آپ کیا سوچ رہے ہیں ؟" اُس نے پوچھا۔

"میں — کچھ نہیں۔ کیا آپ نے سب پرچے پڑھ لئے ؟"

"آپ کے افسانے سبھی پڑھ لئے ہیں!"

"میں آپ کو پسند آیا ؟"

"کیا ؟"

پھیلی ہوئی نگاہوں سے اُس نے میری طرف دیکھا۔

"میرا مطلب ہے آپ نے میرے افسانوں کو پسند کیا ؟"

اُس کی آنکھوں میں گھبراہٹ کی جگہ مسکراہٹ اور شوخی آ گئی۔ میرے سوال کا جواب دینے کی بجائے اُس نے میرے ہاتھ میں پکڑے ہوئے اُلٹے فونٹن پین کو چھین کر سیدھا پکڑاتے ہوئے کہا۔

"کیسے افسانہ نویس ہیں۔ قلم پکڑنا تو جانتے نہیں۔ قلم اِس طرح سے نہیں، اِس طرح پکڑا جاتا ہے۔"

میں جھینپ گیا۔ اِس سے پہلے کہ اُسے کچھ جواب دیتا وہ جلدی سے وہاں سے چلی گئی۔ اُس کی مسکراتی ہوئی آنکھیں میرے احساس پر چمکنے لگیں۔ میں اپنے پہلے سوچے ہوئے پلاٹ کو بھول گیا۔ اور اُسی طرح جس طرح وہ میرے ہاتھ میں فونٹین پین تھما گئی تھی میں اُس پر افسانہ لکھنے بیٹھ گیا۔ اُس افسانے میں میں نے اُسے ایک ادیب سے، خود اپنے سے محبت کرتے ہوئے پیش کیا۔ اور وہ بھی اِس طرح کہ میں اُس سے محبت نہیں کرتا۔ اور وہ میرے گلے کا ہار بن رہی ہے۔ افسانے میں اُس کا نام بھی شوبھا رکھا جو اُس کا اصلی نام تھا۔

اُس رات جب میں نے اُس افسانے کو مکمل کر کے ایک مقامی پرچے کو پوسٹ کرنے کے لئے اُس کا پیکٹ بھی بنا لیا تو میں بہت خوش تھا۔ وہ بھی آج بے حد خوش تھی۔ کیونکہ

وہ اپنے کمرے میں پیانو پر ایک نہایت ہی مسرت آگیں دُھن بجا رہی تھی۔ میں حسبِ معمول اپنے کمرے کی بتی بُجھا کر سامنے اُس کے مکان کی کھڑکی میں سے اُسے پیانو بجاتے ہوئے دیکھ رہا تھا وہ پیانو بہت اچھا بجاتی ہے اور گاتی بھی بہت خوب ہے۔ ایک مقامی کالج میں میوزک سیکھ رہی ہے۔ وہ میری بھابی کی خاص سہیلیوں میں ہے۔ اِسی لئے اِس کا ہمارے گھر بہت آنا جانا ہے۔

ہماری بھابی کا کچھ ایسا سُبھاؤ ہے کہ جہاں ہوتی ہیں، اُن کے گرد سہیلیوں کا جُھرمٹ رہتا ہے۔ دادر آنے سے پہلے جب ہم بوری دلی کے ایک کاٹیج میں رہتے تھے تو محلّے کی تمام گجراتی اور مرہٹی لڑکیاں بھابی کی سہیلیاں تھیں۔ اُن میں اُٹھ بیٹھ کر اُنھوں نے دو ہی سال میں گجراتی اور مرہٹی زبان بولنے میں اچھی مہارت حاصل کر لی تھی۔ اور اب وہ اِس طرح یہ دونوں زبانیں فرفر بولتیں جیسے یہی اُن کی مادری زبانیں ہوں۔ بوری دلی کے بعد ہم دادر میں چار ہزار پگڑی دے کر اِس فلیٹ کو لینے میں کامیاب ہو گئے تو وہاں سے آتے وقت بھابی کی بہت سی سہیلیوں کی آنکھوں میں پانی آ گیا تھا۔ بھابی بھی یہاں آ کر پہلے دو تین دن چُپ چُپ رہیں لیکن ایک ہی مہینے میں اُنھوں نے نہ جانے کہاں سے اِتنی سہیلیاں ڈھونڈ لیں۔ اب گھر میں آئے دن بھابی کی سہیلیوں کی دعوت ہوتی رہتی ہے۔ کبھی کبھی جوہو۔ ہینگنگ گارڈنز اور چوپاٹی کے پروگرام بنائے جاتے ہیں۔ یہیں آ کر شوبھا بھابی کی خاص سہیلی بنی۔

اُس واقعے کے بہت دن بعد تک میں شوبھا کی صورت نہیں دیکھ سکا۔ ایک بار بھابی سے پُوچھنے کی جرأت بھی کی۔ لیکن مشکوک نگاہوں سے اُنھوں نے میری طرف اِس طرح دیکھا کہ دُوسری بار پوچھنے کی ہمت نہیں کر سکا۔ اِس کے ایک ہفتے بعد وہ ایک شام مجھے دادر

اسٹیشن کے باہر مل گئی - وہ گرانٹ روڈ میوزک کالج کی ایوننگ کلاسز میں جارہی تھی - اور میں چرچ گیٹ سے واپس آرہا تھا۔

اُس کے پاس رُک کر میں نے اُسے بُلایا۔

"شوبھا دیدی!"

اُس نے ایک بار میری طرف دیکھا اور پھر غصّے سے اپنی نگاہیں جھکا لیں۔ لیکن اُس کی نگاہوں سے یہ صاف ظاہر ہو رہا تھا کہ اُس کا غصّہ بالکل مصنوعی ہے۔

"شوبھا دیوی! آپ مجھ سے اب تک ناراض ہیں؟"

"مجھے دیر ہو رہی ہے!"

وہ چُپ چاپ چلی گئی۔

میں حیران سوچ میں ڈوبا ہوا وہیں کھڑا اُسے اسٹیشن کے اندر جاتے دیکھنے لگا۔ پھاٹک کے اندر جانے سے پہلے اُس نے پلٹ کر ایک بار میری طرف دیکھا۔ اُس کی نگاہوں میں غصّہ نہ تھا۔ عجیب سی چمک تھی میرے تمام جسم میں جیسے سوئیاں سی چُبھنے لگیں۔ اُس کے بعد پھر کئی دنوں تک اُسے نہیں دیکھ سکا۔ لیکن شام کو گھر لوٹنے پر اپنے کمرے میں آتے ہوئے مجھے یہ محسوس ہوتا جیسے تمام دن میری کتابوں کو کوئی اُلٹ پلٹ کرتا رہتا ہے۔ پہلے یہ سوچ کر کہ بھیا میری کتابوں میں سے کوئی کتاب پڑھنے کے لئے لینے آئے ہوں گے۔ اور انھوں نے کتابوں کو اُلٹ پلٹ کیا ہوگا۔ میں خاموش رہا۔

لیکن ایک دن میز کی دراز سے اپنی ڈائری نکلی ہوئی دیکھ کر مجھے بے حد غصّہ آیا۔

بھابی کے کمرے میں جا کر برس پڑا۔

"بھابی! ہمارے کمرے میں کون گھس کر چیزوں کو اُلٹ پلٹ کرتا رہتا ہے؟"

بھابی ڈی۔ ایم۔ سی کے دھلے گے سے میز پوش کے بوٹے کاڑھ رہی تھیں۔ مجھے غصّے میں دیکھ کر مسکرانے لگیں۔

"تمھارے کمرے میں تمام دن شوبھا گھسی رہتی ہے۔"

"شوبھا؟!"

"مجھے جیسے بجلی کا کرنٹ چھو گیا۔

"وہ یہاں آتی ہے؟"

بے اختیار میرے منہ سے نکل گیا۔ بھابی ہونٹوں پر ایک معنی خیز مسکراہٹ لاکر بولیں۔

"ہاں یاد آیا۔ ذرا کرسی پر بیٹھو۔ تم سے ایک ضروری بات کرنی ہے۔"

"مجھ سے.... مجھ سے؟"

میں سہم کر بھابی کے سامنے بیٹھ گیا۔ میری نگاہیں جھک گئیں۔

"یہ بتاؤ۔ شوبھا کے ساتھ تم...."

"شوبھا کے ساتھ؟" گھبرا کر میں نے بھابی کی طرف دیکھا۔

"بھابی! تم کیا کہنا چاہتی ہو؟"

بھابی کی معنی خیز مسکراہٹ اور بھی گہری ہو گئی۔

"یہ شوبھا تمام دن تمھارے کمرے میں گھسی رہتی ہے۔ تمھارے آنے کا وقت ہوتا ہے تو ہزار روکنے پر بھی نہیں رکتی۔ اور بھاگ جاتی ہے۔ رات تمھارے بھیّا بھی تمھارے بارے میں مجھ سے پوچھ رہے تھے۔"

"بھیّا! بھیّا کیا پوچھ رہے تھے؟" میں گھبراہٹ میں بوکھلا گیا۔

"اُنھوں نے تمھاری نئی کہانی پڑھی ہے۔ اور مجھ سے کہہ رہے تھے کہ بمل کی افسانہ نویسی کسی دن رنگ لائے گی۔ شوبھا پر کہانی لکھی ہے۔ خوب آوازے کسے ہیں۔ کہیں اُس نے پڑھ لی تو شامت آجائے گی!"

"سچ بھابی؟ بھیا — بھیا نے...."

میرے ماتھے پر پسینہ آگیا۔

بھابی نے میری باتوں کو نظر انداز کرکے کہا۔

"بھئی ہاتھ تو بہت اچھا مارا ہے۔ شوبھا مجھے بے حد پسند ہے۔"

"سچ بھابی؟"

میری تمام گھبراہٹ کافور ہوگئی۔ جلدی سے بھابی کے ہاتھ سے میز پوش چھین کر بولا۔

"میری پیاری بھابی! بھیا سے ذرا سفارش...."

"ارے ہٹو یہاں سے، مجھے کیا شوبھا سمجھ لیا ہے۔ میرا ہاتھ تو چھوڑ دو۔ وہ تو پہلے ہی رضا مند ہیں۔ لیکن شوبھا سے بھی پوچھا ہے کبھی تم نے؟"

"شوبھا — بھابی وہ تو مجھ سے بہت ناراض ہے۔ میں نے اس پر کہانی لکھ دی تھی نا۔ اسی لئے۔"

ناراض کرنا آتا ہے، منانا نہیں۔" بھابی نے مسکراتے ہوئے کہا۔

تیسرے دن بھیا دورے پر چلے گئے۔

اُن کے جانے کے دوسرے ہی دن ہمارے گھر بھابی کی تین چار خاص سہیلیوں کی دعوت ہوئی۔ میں نے دفتر سے چھٹی لے لی۔ جب اُن کی سب سہیلیاں شوبھا کے ساتھ

گھر پہنچ گئیں تو بھابی مجھے میرے کمرے سے کھینچ لائیں۔ اور شوبھا کے سامنے صوفے پر لاکر بٹھا دیا۔ پھر مٹھائی اور کوکو کولا سب کے سامنے رکھ دیا۔ پھر تقریر کرنے کے انداز میں بولنے لگیں ـــ

" سہیلیو! تم حیران ہوگی کہ آج یہ مٹھائی اور کوکو کولا کی دعوت کس لئے کی جا رہی ہے ـــ "

پھر شوبھا پر ایک نگاہ ڈال کر بولیں۔

" تم سب کو یہ سُن کر خوشی ہوگی کہ میرے دیور کی سگائی ایک بہت ہی اچھی اور سوشیل لڑکی سے ہو رہی ہے۔ اور سب سے بڑھ کر خوشی کی بات تو یہ ہے کہ اِن کے بھیا اور خود انھوں نے لڑکی کو پسند کیا ہے۔ اسی خوشی میں تمھیں یہ دعوت دی گئی ہے۔ اور اِن کے بھیا، جو شادی کا مہورت نکلوانے گئے ہیں۔ جب واپس آئیں گے تو ایک دوسری اور اِس سے بہت بڑی پارٹی کا انتظام کیا جائے گا۔"

سبھی نے تالیاں بجائیں۔ میں نے شوبھا کی طرف دیکھا۔ اُس کا سر جھک گیا تھا اور کان سُرخ ہو گئے تھے۔

بھابی نے پھر کہا۔

" اِس خوشی کے موقعے پر میں شوبھا سے درخواست کروں گی کہ وہ اپنی میٹھی آواز سے اِس خوشی کے موقعے میں اور مٹھاس گھول دے۔"

ایک بار پھر کمرہ تالیوں سے گونج اُٹھا۔ بھابی نے مجھے اشارہ کیا۔ اور میں نے ہارمونیم شوبھا کے سامنے رکھ دیا۔ شوبھا نے گھبرائی ہوئی نگاہوں سے سب کی طرف دیکھا پھر مسکرا دی۔ لیکن اُس کی مسکراہٹ میں ہزاروں غم ناچ رہے تھے۔ وہ بھاری آواز میں

بولی۔ "آج نہیں بھابی! آج میں کچھ نہ گا سکوں گی۔ میری طبیعت ...."

بھابی نے شوبھا کے پاس آکر اُس کا بازو پکڑ کر اُسے ہارمونیم تھما دیا۔

"بھئی یوں کام نہ چلے گا۔ ایک آدھ غزل ہی ہو جائے۔ آج کچھ نہ کچھ تو گانا ہی پڑے گا۔"

شوبھا نے چُپ چاپ ہارمونیم کی سُروں پہ اپنی اُنگلیاں رکھ دیں۔ ایک بار بوجھل پلکوں سے اُس نے میری طرف دیکھا۔ میرا چہرہ اُس وقت خوشی سے کھل رہا تھا۔ اُس نے اپنا سر جھکا لیا۔

ہارمونیم تھام کر وہ گانے لگی ؎

جگر کے داغ نئے گل کھلائے جاتے ہیں
خوشی کے گیت بھی رو رو کے گائے جاتے ہیں

میری اور بھابی کی مسکراتی ہوئی نگاہیں مل گئیں۔ شوبھا غمگین تھی اور ہم خوش!

اُس کے دو دن بعد جب میں شام کو گھر لوٹا تو بھابی کہیں جانے کے لئے تیار ہو رہی تھیں۔

میں نے پُوچھا۔

"یہ سواری کہاں جا رہی ہے؟"

"ارے ___ تم آ گئے۔ دیکھو ہنسی ہنسی میں کہانی بن گئی۔ کل سے شوبھا کو سخت بُخار ہے۔ آج سومترا نے بتایا۔ تم بھی چلو۔"

میرا کلیجہ دھک سے رہ گیا۔ جلدی سے میں نے مُنھ ہاتھ دھویا۔ اور بھابی کے

ساتھ جانے کے لئے تیار ہوگیا۔

ہم وہاں پہنچ گئے۔ شوبھا کے پلنگ کے پاس پہنچ کر بھابی بولیں۔

"شوبھا!"

شوبھا نے رُخ موڑ کر ہماری طرف دیکھا۔ میں حیران رہ گیا۔ دو ہی دن میں اُس کی یہ حالت ہوگئی تھی۔ بھابی اُس کے پلنگ پر بیٹھ گئیں اور میں مجرم کی طرح سر جھکا کر پلنگ کے پاس کھڑا ہوگیا۔

بھابی نے میری طرف دیکھا اور کہنے لگیں۔

"تم شوبھا کے پاس بیٹھو۔ میں ابھی آئی۔"

اور وہ اُٹھ کر چلی گئیں۔

میں آہستہ آہستہ قدم اُٹھاتا ہوا شوبھا کے پلنگ کے ساتھ لگ کر کھڑا ہوگیا۔ میرا دل ڈوب رہا تھا۔

"شوبھا!"

میں نے اِس طرح کہا جیسے ٹھنڈی آہ بھری ہو۔ شوبھا نے سُونی سُونی آنکھوں سے دیکھا۔

"شوبھا کیسی ہو؟"

"جی رہی ہوں۔"

اُس نے رُخ موڑ لیا۔ اُس کی آواز بھرائی ہوئی تھی۔ میں بے اختیار ہوکر اُس کے پلنگ پر بیٹھ گیا۔ اور اپنا ہاتھ اُس کی پیشانی پر رکھ کر بولا۔

"شوبھا! میری طرف دیکھو!"

شوبھا جیسے چونک پڑی۔ جلدی سے اُس نے میری طرف دیکھا۔ اسکی آنکھوں میں حیرت اور گھبراہٹ تھی۔

"شوبھا سچ کہو تم مجھے چاہتی ہو۔ بولو شوبھا!؟" میں دیوانہ سا ہوگیا۔

"لیکن آپ — آپ یہ کیا کہہ رہے ہیں، آپ کی سگائی۔۔۔۔ آپ نے خود —"

"نہیں شوبھا وہ سب ڈرامہ تھا۔ وہ سب ایک کہانی تھی۔ تمھارے دل کا راز جاننے کے لئے ایک پلاٹ تھا۔"

"کیا؟" شوبھا کی آنکھوں کے مُرجھائے ہوئے کنول کھِل اُٹھے۔ میں نے شوبھا کے چہرے سے ریشمی بالوں کی لٹ سنوارتے ہوئے کہا۔

"شوبھا! تم نے میری بات کا جواب نہیں دیا؟" اُس نے مسکراکر دونوں ہاتھوں سے اپنا چہرہ چھپالیا۔ اتنے میں بھابی اندر آگئیں۔ ہمیں دیکھ کر مسکرادیں۔

"دونوں میں صلح ہوگئی کیا؟"

شوبھا نے شرم سے اپنے چہرے پر چادر کھینچ لی۔ اُس کے بعد میں نے شوبھا سے وعدہ کیا کہ میں اُس پر کبھی کوئی افسانہ یا کہانی نہیں لکھوں گا۔ لیکن آج پھر یہ افسانہ لکھ کر سوچ رہا ہوں کہ وہ ناراض تو نہ ہو جائے گی؟ ۔ حالانکہ آج کی بات، اِس افسانے کی بات پہلے سے بالکل الگ ہے۔ کیونکہ آج شوبھا میری بیوی ہے۔ اُس کے روٹھنے پر منانے میں مجھے مزہ آئے گا۔

***

[illegible]

[illegible] : [illegible]

[illegible]

[illegible]